사 진 으 로   보 는   독 일
GERMANY

매혹적인 도시를 찾아가 볼까?

예전의 독일은 통일된 하나의 국가가 아니라 여러 국가들로 나뉘어져 있었기 때문에 각 도시마다 풍경이 달라. 각 도시들을 살펴보자.

1 로텐부르크 독일 전체에서 1, 2위를 다투는 인기 관광지야. 도시에 들어선 순간 테마파크에 온 것처럼 상상 속에서 그리던 중세의 거리가 펼쳐지지.

2 하이델베르크 뛰어난 학자들이 이곳 출신이야. 많은 시인들의 사랑을 받는 도시이기도 하고. **3, 4**는 하이델베르크에 있는 철학자의 길이야.

5 린다우 남국에서 느낄 수 있는 밝은 분위기가 매력적인 리조트 타운이야.

6 함부르크 8~9세기에 세워져 중세에 한자 도시로 번영했던 항구 도시야. 독일에서 가장 큰 항구를 기반으로 공업이 발달했지.

7 밤베르크 강물 소리도 우아한, 꿈같이 아름다운 도시. 레그니츠 강을 가로지르는 다리 위에 자리 잡은 구 시청사 건물이 도시의 매력을 한층 더 도드라지게 하지.

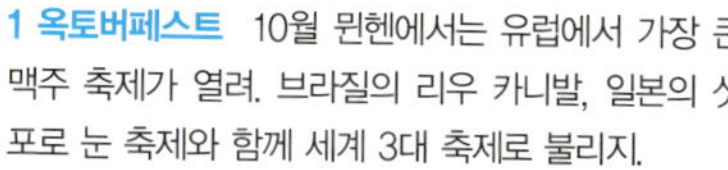

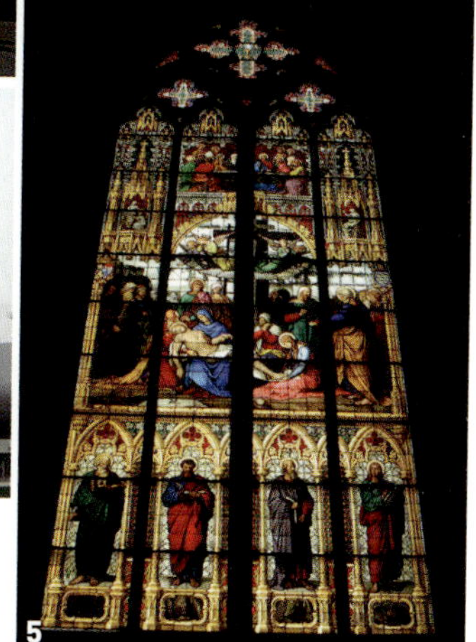

1 옥토버페스트 10월 뮌헨에서는 유럽에서 가장 큰 맥주 축제가 열려. 브라질의 리우 카니발, 일본의 삿포로 눈 축제와 함께 세계 3대 축제로 불리지.

2 라인 강 스위스 중부에서 시작해 독일과 네덜란드를 가로질러 북해로 들어가는 하천으로 서유럽에서 가장 큰 강이야. 라인 강의 중·하류 지역은 독일 산업의 중심으로 여기에서 일어난 독일의 경제 부흥을 흔히 '라인 강의 기적'이라 부르지.

3 브란덴부르크 문 프랑스의 상징이 에펠 탑이라면 독일의 상징은 브란덴부르크 문이지. 독일이 통일되기 전까지 '장벽'에 둘러싸여 분단의 상징이었지만 지금은 통일 독일의 상징이야.

4, 5 쾰른 대성당 독일을 대표하는 거대한 대성당. 높이 157m인 2개의 첨탑이 하늘을 찌를 듯이 높게 솟아 있지. 고딕 양식의 천장과 더불어 멋진 스테인드글라스가 일품이야.

6 베를린 곰 베를린 시의 로고는 곰, 베를린 영화제 마스코트도 곰이야. 베를린(Berlin)이라는 이름 자체가 어린 곰이란 뜻인 '베를라인(Baerlein)'에서 유래했다고.

7 BMW 박물관 독일은 자동차가 유명해. 차의 빠른 속도감을 즐기는 것이 독일인의 즐거움이거든. BMW 본사에 있는 박물관에서 BMW의 100여 년 가까운 역사를 볼 수 있어. 본사 건물은 자동차 4기통 엔진 모양을 본땄다고 해.

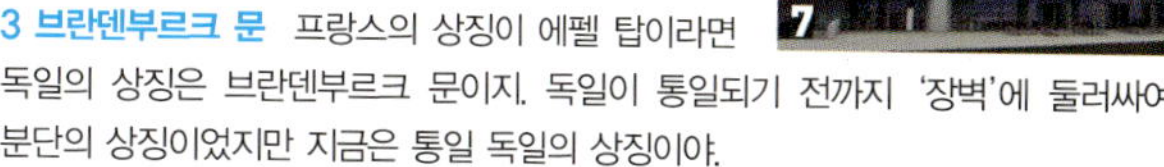

독일엔 오래된 성이 많아

비슷해 보이지만 각자 다른 매력을 지닌
독일의 성을 살펴보자.

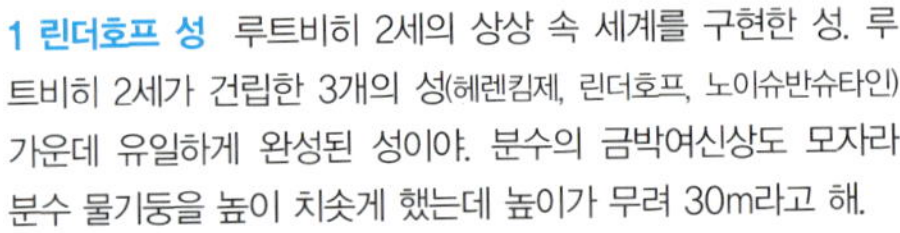

1 린더호프 성 루트비히 2세의 상상 속 세계를 구현한 성. 루
트비히 2세가 건립한 3개의 성(헤렌킴제, 린더호프, 노이슈반슈타인)
가운데 유일하게 완성된 성이야. 분수의 금박여신상도 모자라
분수 물기둥을 높이 치솟게 했는데 높이가 무려 30m라고 해.

2 노이슈반슈타인 성 디즈니 '신데렐라 성'의 모델이 된 성. 관
광 엽서에도 꼭 나오는 성이지.

3 슈베린 성 슈베린의 시내 중심에 있는 슐로스인젤 섬에 자리
잡은 슈베린 성은 테라코타를 비롯한 아름다운 장식들로 꾸며
진 르네상스 양식의 성이야. 오랜 세월 동안 메클렌부르크 영주
의 거처로 사용되다가 현재는 주 의회 의사당으로 활용되는 유
서 깊은 건축물이지.

4 베를린 성 높이 114m, 폭 73m의 거대한 천장 돔이 인상적
이야. 270개 계단이 돔 꼭대기까지 이어져 있대.

5 헤렌킴제 정원

6 헤렌킴제 성 프랑스식 정원과 화려한 궁전 내부는 베르사유
궁을 데칼코마니 한 것처럼 닮았어. 다른 점은 베르사유 궁은
파리 도시 한복판에 있고 헤렌킴제 성은 외진 헤렌 섬에 지어졌
다는 것이지. 이 성을 지은 루트비히 2세는 베르사유 성을 따라
짓느라 국가 재정이 기울 정도의 나랏돈을 쏟아부었다고 해.

동화와 전설 속의 독일

독일에는 전설이 많아. 전설은 많은 예술가들의
영감을 자극해 창작의 배양소가 되었어.
전설의 향기에 빠져 볼까?

1, 2, 3 고슬라르 광업의 중심지이자 마녀
의 전설이 유명한 도시야. 마녀의 도시답게
도시 곳곳에서 빗자루를 타고 다니는 마녀
인형을 발견할 수 있어.

4 로렐라이 독일의 전설 하면 로렐라이의
언덕을 빼놓을 수 없지. 뱃사공의 마음을
앗아간 금발의 요정과 로렐라이 시를 쓴 하
이네는 독일인의 마음 깊숙이 새겨져 있어.

5 트렌델부르크 성 다멜 강을 바라보는
야트막한 언덕에 세워진, 원형 기둥을 가진
성으로 동화 『라푼젤』의 배경이 된 성이야.
지금은 여행객의 호텔로 쓴대.

6 브레멘 음악대 브레멘의 시청 모퉁이에
는 당나귀, 개, 고양이, 수탉이 순서대로 등
에 올라가 피라미드를 이루는 조각이 있어.
당나귀의 다리를 붙잡고 눈을 꼭 감고 소
원을 말하면 성취된다는 말이 있지. 반드시
두 눈을 감아야 해. 한쪽 눈만 감았다가는
당나귀가 되어 버릴 수도 있다고.

7 하멜른 그림 형제의 동화 『피리 부는 사
나이』로 유명한 곳. 도시에 쥐가 끓어 넘치
자 한 사나이가 나타나 피리를 불어 모든
쥐를 물가로 데려가 빠뜨려 주었지만 배은
망덕한 마을 사람들이 아무런 보답도 하지
않자 이번에는 피리를 불어 마을 아이들을
데리고 어디론가 가 버렸다는 이야기야.

나치와 분단의 아픔

세계정복을 꿈꾸던 나치가 남긴 것은 무엇?

1 다하우 강제 수용소 유대인이나 나치에 반대하는 사람들을 수용하기 위해 만든 강제 수용소야. 무자비한 학살이 이뤄진 곳이지. '노동이 자유롭게 하리라(ARBEIT MACHT FREI).' 많은 사람들이 이 글귀가 적힌 문을 지났다고 해.

2 수용소의 시체 소각장

3 수용소의 세면장과 화장실

4 베를린 장벽 과거 독일을 동서로 나누었던 장벽. 지금은 사람들이 남긴 벽화와 글로 뒤덮여 있지.

5 장벽 박물관 장벽이 붕괴되기 전 목숨을 걸고 국경을 넘었던 사람들의 사진과 유물을 전시하고 있어.

6 체크포인트 찰리 베를린 장벽에 있었던 검문소야. 1961~1990년 동베를린과 서베를린을 드나들 수 있는 유일한 관문이었어.

독일인의 생활 모습을 가까이 들여다볼까?

1 주말마다 열리는 벼룩시장 검소한 생활이 생활 곳곳에 스며 있는 독일인은 물건 하나 허투루 버리지 않고 벼룩시장에 들고 나와.

2 독일 날씨는 변덕스러워서 볕이 좋은 날에는 많은 사람들이 산책을 하지.

3 독일인 옷차림 독일인은 화려한 디자인보다는 옷의 실용성을 추구해.

4 축구 경기가 있는 날은 국경일! 독일 축구 팀은 전차 군단이라 불려. 축구를 좋아하는 독일인들은 국제 경기가 열리면 열정적으로 응원을 하지.

5 맥주 없인 못살아! 독일인은 물보다 맥주를 더 즐겨 마셔. 독일인 1인당 맥주 소비량은 연간 150ℓ로 세계에서 가장 높지. 한국인은 36ℓ.

6 독일의 버스 정류장 정류장엔 버스 도착 시간이 적힌 시간표가 있어.

7 독일의 지하철 틀에 맞춘 듯 반듯한 의자. 정리정돈을 좋아하는 독일의 국민성이 엿보여. 독일 철도 시스템이 굉장히 발달했지.

8 집 앞 정원 가꾸기 궂은 날씨 때문에 집에서 대부분 시간을 보내는 독일인은 집 가꾸는 걸 좋아해.

사진 제공
이희진, 이유진, 구현정(blog.naver.com/rene9),
김태진(skyeagle21.blog.me), 류지영(blog.naver.com/elf1061),
박성숙(blog.daum.net/pssyyt), 서인영(graphers.co.kr),
이명자(blog.naver.com/wabool), 이언화(web_mov.blog.me),
이은아(blog.naver.com/maresruan), 이혜진(murnya.blog.me),
차미경(modurock.tistory.com), 황하영

노빈손의 **사건만발**
독일 여행

노빈손의 사건만발 독일 여행

초판 1쇄 펴냄 2010년 11월 30일
초판 8쇄 펴냄 2016년 1월 22일

지은이 김성중
일러스트 이우일
펴낸이 고영은 박미숙

편집이사 인영아
뜨인돌기획팀 박경수 김영은 이준희 | 뜨인돌어린이기획팀 이경화 여은영
디자인실 김세라 오경화 | 마케팅팀 오상욱 | 경영팀 김용만 엄경자

펴낸곳 뜨인돌출판(주) | 출판등록 1994.10.11(제300-2014-157호)
주소 03176 서울시 종로구 경희궁1길 10-1
홈페이지 www.ddstone.com | 블로그 blog.naver.com/ddstone1994
노빈손 www.nobinson.com | 페이스북 www.facebook.com/ddstone1994
대표전화 02-337-5252 | 팩스 02-337-5868

© 2010 김성중, 이우일
'노빈손'은 뜨인돌출판(주)의 등록상표입니다.

ISBN 978-89-5807-318-5 03810
CIP제어번호 : CIP2010004238

노빈손의 사건만발 독일 여행

김성중 지음 이우일 일러스트

뜨인돌

구텐 탁! 노빈손 친구들!

쌀쌀한 바람에 옷깃을 여미게 되는 초겨울, 책상에 앉아 좋아하는 필기구인 독일산 스테들러 연필을 쥐고 이 글을 씁니다. 삼각형으로 된 몸통에, 손이 닿는 부분에는 올록볼록한 고무 돌기가 나 있는 이 연필은 '실용적이어서 아름다운' 장점을 가지고 있지요. 연필 하나만 봐도 꼼꼼하고 치밀한 독일 사람들의 장인 정신이 느껴진다고 할까요.

유럽 대륙 중앙에 자리 잡고 있는 독일은 개성 있는 형제들 사이에 낀 내성적인 소년 같은 인상을 줍니다. 섬세한 예술의 나라 프랑스, 세계의 절반을 차지했던 영국, 정열적인 이탈리아와 스페인에 비해 독일은 조용한 내륙국가로 묵묵히 자기 길을 걸어갔습니다.

여러분은 독일이 통일이 된 지 20년밖에 안 된다는 사실을 아시는지요? 오랫동안 여러 나라로 쪼개져 있다가 통일을 이루고, 다시 분단이 됐다가 재통일을 하는 등 독일의 역사는 분열과 통일의 롤러코스터라고 할 수 있습니다. 지구 최후의 분단국가로 남아 있는 우리나라의 입장에서 보면 지금으로부터 20년 전인 1990년, 역사적인 통일을 이룩한 독일은 '통일 선배'이기도 합니다.

　한때 독일은 세계대전을 일으키는 것으로 나라의 발전 방향을 잘못 잡았던 순간이 있었습니다. 히틀러는 한 개인의 망상이 국가적 차원의 망상으로 뒤바뀌면 얼마나 끔찍한 일이 벌어지는지 똑똑히 보여 주는 사례라고 할 수 있지요. 현재의 독일은 히틀러와 나치에 대한 우호적인 발언만 해도 법에 걸릴 만큼 과거사에 대해 철저한 반성을 하고 있습니다.

　햇빛이 적고 숲이 많아서인지 독일 사람들은 내면을 중시하고 사색적인 문화를 발달시켜 왔습니다. 독일에 그토록 많은 음악가와 철학자, 그리고 작가들이 나온 것은 이와 무관하지 않을 거예요.

　그렇다면 우리의 노빈손도 얌전하게 ‘내면적인’ 여행을 했을… 리가 절대 없죠! 용을 잡는 모험으로 요란하게 시작된 노빈손의 독일 여행은 쾰른 대성당 공사장에서 돌 나르기, 베토벤의 이발사 노릇, 석재 장인의 도제가 되어 망치 잡기 등 주로 머리보다 몸을 쓰는 일로 범벅이 되어 있습니다. 모든 사건의 배후에는 노빈손의 영혼을 노리는 한수 비나이더의 음모가 도사리고 있지만, 한낱 악마스쿨 낙제생에게 넘어갈 빈손이가 아니죠. 만약 여러분에게 노빈손 앞에 놓인 유혹이 펼쳐진다면 어떻게 하시겠어요?

　묵직한 매력과 의외의 잔재미가 넘치는 나라 독일에서 멋진 여행을 하시기 바랍니다!

김성중

알고 보면 우리 독일인의 매력에 푹 빠질걸? 하하!
빈손아! 나 나중에 저런 큰 성에서 살고 싶다!
우리 너무 먼 미래는 생각하지 말자꾸나!
뿌뿌뿌뿌

프롤로그 • 10

한눈에 보는 독일의 이모저모 • 16

1 불사의 몸

노이슈반슈타인 성의 배낭객 • 22

중세로 온 노빈손 • 26

목욕 좀 해, 자꾸프리트 왕자! • 32

지하 감옥의 마녀들 • 37

불꽃 피구는 무서워 • 40

용의 피로 목욕을 해야 하나? • 43

자꾸프리트 왕자가 들려주는
게르만 신화와 니벨룽의 노래 • 50

화형장의 기적 • 56

30년 전쟁의 한복판에서 • 64

후르륵 짭짭 말숙이와 함께하는
독일 요리 • 70

2 현자의 지혜

아, 아, 아르바이트 • 76

첨탑 쌓기의 달인 • 78

괴력의 검지로 사람을 구하다 • 81

무뚝뚝하지만 은근히 매력적인
독일 사람들의 여섯 가지 특징 • 89

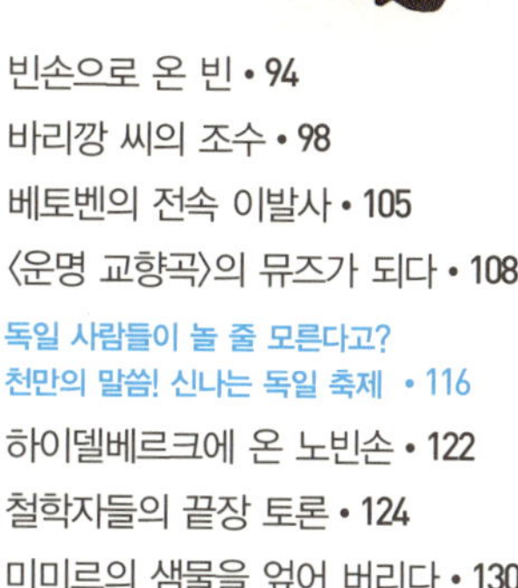

빈손으로 온 빈 • 94

바리깡 씨의 조수 • 98

베토벤의 전속 이발사 • 105

〈운명 교향곡〉의 뮤즈가 되다 • 108

독일 사람들이 놀 줄 모른다고?
천만의 말씀! 신나는 독일 축제 • 116

하이델베르크에 온 노빈손 • 122

철학자들의 끝장 토론 • 124

미미르의 샘물을 엎어 버리다 • 130

전격 토크쇼!
독일을 움직인 괴짜 위인들 • 134

3 절대 권력

나인 선생의 작업장 • 142

낙지스 기사단의 횡포 • 147

차기 마이스터 경합 • 151

영혼을 판 수틀러 • 155

니벨룽의 반지 • 158

전쟁의 기운 • 161

마지막 유혹 • 167

애국 길드 연합 출정식 • 176

무너진 장벽 • 180

어쩌다 전 세계는
전쟁에 휘말렸을까? • 186

영화보다 더 영화 같은
독일의 통일 이야기 • 192

노빈손

극한의 설레발과 샤브샤브 소고기보다 얇은 귀를 가진 우리의 주인공. 이번에는 노이슈반슈타인 성에서 중세 독일로 점핑했다. 자꾸프리트 왕자와 함께 용과 싸우고, 쾰른 대성당을 짓고, 베토벤의 전속 헤어 디자이너가 되는 등 가는 곳마다 다채로운 사건을 사뿐히 즈려밟고 있다. 용을 퇴치하는 과정에서 얻게 된 괴력의 검지를 이용해 위기를 기회로 만드는 노빈손의 활약을 기대하시라.

말숙이

로렐라이 언덕에서 막춤을 췄을 뿐인데 마녀라니 웬 말인가. 미녀라면 몰라도! 그러나 특유의 쇠심줄 같은 생활력으로 역경을 이겨 내며 노빈손과 함께 낯선 독일 생활에 적응하고 있다. 심지어 독일 소시지 만드는 기술까지 터득해, 가는 곳마다 써 먹으니 말 다 했지 뭔가. 본인이 만든 소시지가 너무 맛있어서 다이어트는 일찌감치 포기했다.

악마 양성소 메피스토펠레스 스쿨의 전교 꼴찌. 악행을 저지를 때마다 안면홍조가 되는 치명적인 약점을 지녔다. 퇴학을 면하기 위해 반드시 노빈손의 영혼이 필요하다! 데빌폰과 세 가지 유혹으로 중무장한 비나이더의 음모에 노빈손은 과연 걸려들 것인가. 유혹에 넘어올 듯 넘어오지 않는 노빈손 때문에 애간장을 태우는 비나이더는 급기야 정체성의 혼란을 느끼는데…….

한수 비나이더

자꾸프리트 왕자

거만한 성격 때문에 친구라곤 도통 없는 쓸쓸한 왕자. 몇 년간 모험을 찾아다니다 보니 통 씻지를 않아 땟물이 줄줄 흐른다. 살이 찐 후 자꾸 바지 단추가 풀려 남대문이 열리는 민망한 일을 겪고 있다. 보기와 달리 니벨룽의 보물을 가진 영웅이다.

클라우디아 쉬퍼와 하이디 클룸

늘씬한 몸매의 멋진 언니들. 남다른 약초 지식으로 만든 연고를 판 죄로 마녀로 몰려 수감된다. 현대에서 온 말숙이의 패션 감각을 상당히 높게 평가하고 있다. 말숙이와 함께 지하 감옥을 탈옥한 후, 소시지 가게를 창업한다.

게르하르트 햇더만

첨탑 쌓기의 달인. 쾰른 대성당 건축 현장에서 이름 여덟 자만 대면 다들 고개를 끄덕끄덕할 정도로 실력이 출중하다. '내 사전에 대충이란 없다'는 자세로 완벽을 추구하며 일을 하기 때문에 쾰른에서는 '게르하르트가 어제 무슨무슨 작업을 했더만, 끝내 주더만, 완벽하더만.' 늘 이런 말들이 떠돌고 있다.

고집 센 천재 음악가. 모차르트처럼 동그랗게 롤로 만 가발을 쓰고 있으면 악상이 떠오르지 않는다며 벗어 던지기 일쑤다. 노빈손이 우연히 만들어 준 헤어스타일이 맘에 들어 전속 이발사로 고용한다. 귀가 먼 후 노빈손이 연달아 뀐 방귀의 진동에서 영감을 얻어 웅장한 교향곡을 작곡한다.

루트비히 판 베토벤

겉보기엔 유능한 도제이지만 수가 틀리면 뭐든 할 수 있는 악당. 〈낙지스 기사단〉을 만들어 자신의 호위대처럼 부리고 있다. 노빈손을 눈엣가시로 여기며 전 독일을 정복하겠다는 야망을 갖고 있다. 항상 이 대 팔 가르마를 타고 원숙해 보이기 위해 가짜 콧수염을 달고 있다. 특기는 특정 인물 따돌리면서 주도권 잡기. 좋아하는 일은 연설.

아돌프 수틀러

 ## 프롤로그

"내 평생 너같이 한심한 학생은 처음 본다!"

교장 선생님의 벼락같은 호통이 떨어지자 한수 비나이더는 고개를 푹 숙였다. 포동포동한 몸이 가늘게 떨리고 있었다.

"나쁜 짓을 할 때마다 얼굴이 빨개진다고? 그게 악마가 할 소리냐!"

"하지만 선생님……."

"이 잘난 성적은 어쩔 거냐. 엉?"

교장 선생님이 집어던진 성적표에는 큼지막하게 '유급'이라는 빨간 도장이 쾅 찍혀 있었다. 〈거짓말〉, 〈심술〉, 〈친구 따돌리기〉 같은 기초과목은 물론 〈폭력〉, 〈속임수〉, 〈유혹〉, 〈배반〉, 〈이간질〉 등 교양과목의 점수도 형편없었다. 그나마 평균을 넘긴 건 〈게으름〉과 〈딴전 피우기〉뿐이었다.

이곳은 유서 깊은 악마 양성소 메피스토펠레스 스쿨. 독일에서 파우스트 박사의 영혼을 포획하는 데 실패한 메피스토펠레스가 '영혼 사냥꾼'들을 육성하기 위해 세운 곳이다.

오동통한 몸매에 호빵처럼 하얀 얼굴의 비나이더는 악행에 통 소질이 없었다. 나쁜 짓을 할 때마다 뺨이 새빨갛게 달아올라 들키기 일쑤였다. 게다가 한 가지에 푹 빠지면 다른 일은 거들떠도 보지 않는 성격이라 더더욱 공부와는 담을 쌓고 살았다. 요즘 비나이더가 몰두해 있는 건 체스였다. 수업 시간에 필기를 하다가도 어느새 흰 말과 검은 말을 잔뜩 그리는 자신을 발견하곤 했다.

안타까운 사실은 비나이더가 체스에 쏟는 노력과 실력이 비례하지 않는다는 것이다. '개교 이래 최악의 꼴찌'라는 불명예를 얻을 만큼 공부를 등한시하고 매달렸지만, 늘 상대방에게 한 수만 물러 달라고 빌 정도로 체스 실력은 늘지 않았다.

"세 번째 유급이다. 교칙대로라면 널 퇴학시켜야겠지."

교장 선생님은 자신의 말이 불러일으킬 충격과 전율을 즐기듯 잠시 사이를 두고 말을 이었다.

"네 부모님을 봐서 퇴학을 면할 마지막 기회를 주겠다. 한 인간의 영혼을 내 앞에 가져와라. 관련 영상은 내일 데빌폰으로 전송하지. 알겠나?"

"네, 선생님……."

한수 비나이더는 고개를 푹 숙이고 작은 목소리로 대답했다. 학교에서 쫓겨나면 우등생인 형, 누나와 비교당하며 엄마의 잔소리를 끝없이 들어야 한다. 세상 모든 사람들이 그렇듯 비나이더도 남과 비교당하는 것이 정말 싫었다. 비나이더는 입학 선물로 받은 데빌폰을 만지작거리며 풀이 죽어 방으로 돌아왔다.

데빌폰. 안테나 대신 붉은 뿔이 돋아 있

독일의 대 문호 괴테의 희곡 『파우스트』에 나오는 악마. 주인공 파우스트 박사와 영혼 계약을 맺는다. 메피스토펠레스가 파우스트의 욕망을 충족시켜 주고 파우스트의 영혼을 얻은 것. 괴테는 『파우스트』 제1부를 그의 나이 48세(1797년)에 쓰기 시작하여 59세가 되는 1808년에 발표했다. 1831년에 제2부를 완성했다.

는 이 마법의 스마트폰은 메피스토펠레스 학생들에게 없어서는 안
될 필수품이었다. 말도 하고, 빗자루 없이 원하는 곳으로 이동시켜
줄 뿐 아니라 사악한 영혼 탐색 기능, 악몽 편집 기능, 변신 기능 등
등 다양한 기능이 있었다. 물론 고급마법일수록 공짜가 아닌 유료
결제를 해야 하지만 말이다.

다음 날 아침, 한수 비나이더의 데빌폰이 요란하게 울렸다.

"끼익—."

알람 소리는 비나이더가 설정한 대로 관 뚜껑 여는 소리였다. 비
나이더가 계속 코를 골며 자자 데빌폰에서는 엄청난 연기가 솟아올
랐다. 얼굴에 숯검정을 잔뜩 묻힌 한수 비나이더는 겨우 눈을 떴다.

"어휴, 이 알람은 못 쓰겠네. 다른 걸로 바꿔야지."

"샷메일이 도착했습니다, 주인님."

데빌폰에서 음성이 흘러나옴과 동시에 화면에 사진이 떴다. 비나이더는 정신이 번쩍 들었다. 드디어 교장 선생님이 과제를 준 것이다. 두구두구두구 —. 과연 어떤 인간일까?

"깜짝이야!"

장난기가 다글다글한 눈, 튀어나온 입술, 네 가닥의 머리카락. 씩 웃고 있는 노빈손의 얼굴이 화면에 떡하니 등장했다.

"거참, 희한하게 생긴 녀석이네."

"그러게 말입니다. 어떻게 보면 어리숙한 게 만만할 것도 같고, 또 어떻게 보면 속을 알 수 없어 보이는 것이 도통 견적이 안 나오는데요."

데빌폰이 종알거리자 비나이더는 순간 울컥했다.

"내가 허락하기 전까지 말대꾸하지 말랬지? 안 그러면 배터리 빼 버린다. 골치 아파 죽겠는데 너까지 수선이야."

"……"

배터리 뺀다는 말을 세상에서 가장 무서워하는 데빌폰이 잠잠해지자 비나이더는 궁리를 하기 시작했다.

'어떤 미끼를 던져야 이 영혼을 잡을 수 있을까. 인간들이 가장 좋아할 만한 유혹이 뭐지?'

생각에 집중하기 위해 비나이더는 쿠키 두 통을 뚝딱 해치웠다. 이럴 때일수록 단것을 먹어야 머리가 돌아가는 법이니까.

"그래, 그래야겠어!"

쿠키 봉지를 와그작 구겨 던지고 비나이더는 전교 1, 2, 3등에게 차례로 전화를 걸었다. 각각 지옥불 직화구이 치킨 한 마리씩 사 주기로 한 후 우등생들에게 조언을 들었다. 메피스토펠레스 스쿨의 우등생들은 나름대로 인간이 잘 걸려들 만한 자신들만의 필사의 유혹을 가르쳐 주었다.

첫째, 불사의 몸.

"인간이 우리와 다른 점이 뭐냐? 한번 태어나면 반드시 죽어야 한다는 거 아니겠어? 죽음을 피하는 건 인간의 영원한 꿈이야."

전교 3등의 말이다.

둘째, 현자의 지혜.

"오래 살기만 하면 뭘 해? 요즘 세상에는 힘보다 지혜를 더 원할 거야. 세상에서 가장 똑똑한 사람이 될 수 있는 지성을 주겠다고 해 봐. 멍청한 놈이라면 특히 좋아할 걸?"

이건 전교 2등의 조언.

독일의 독일어 이름은 도이칠란트(영어명은 Germany)이다. 한데 왜 우리나라에선 독일이라고 부를까? 일찍이 일본과 먼저 교류했던 네덜란드인들은 독일을 '두이츠'라고 불렀다고 한다. 한데 발음이 좋지 않았던 일본은 이것을 '도이치'라고 발음했고, 그 일본어를 한자로 표기한 것이 독일이 된 것이다.

셋째, 절대 권력.

"뭐니 뭐니 해도 인간은 힘에 약해. 누구든 자기 밑에 두고 부려 먹을 수 있다고 하면 다들 흐물흐물 녹아 버리더라고. 권력만 있으면 돈이든 지혜든 뭐든 맘대로 부릴 수 있거든. 진짜 타락은 여기서 많이 발생하지."

마지막으로 전교 1등의 말이다.

"좋아. 불사의 몸, 현자의 두뇌, 절대 권력, 모두 동원해 총 공격이다! 이래도 넘어오지 않을 인간이 있겠어?"

비나이더는 모아 둔 용돈을 탈탈 털어 데빌폰에 마법을 충전한 다음 떠날 준비를 했다. 가장 좋아하는 빨간 바지에 갈색 가죽조끼를 입고 자신감이 충만해진 비나이더는 데빌폰으로 목표물이 있는 곳을 검색한 다음 이동 버튼을 눌렀다.

독일에 대해 얼마나 알고 있니? 독일 여행을 시작하기 전에, 요 정도는 알고 가자구!

● 중부 유럽의 중심 국가

유럽 대륙 중앙에 자리 잡은 독일은 유럽에서 러시아, 우크라이나, 프랑스와 스페인 다음으로 영토가 넓은 나라야. 북쪽으로는 덴마크, 남쪽으로는 스위스와 오스트리아, 서쪽으로는 프랑스와 벨기에, 동쪽으로는 폴란드, 체코 등과 국경을 맞대고 있어.

예전부터 작은 나라들로 갈라져 서로 경쟁하며 발전해 온 독일은 16개의 주가 자치적으로 살림을 하는 연방제 공화국이야. 국가 원수는 대통령이지만, 정치는 총리가 맡아서 하고 있지. 지금 총리는 앙겔라 메르켈이라는 카리스마 넘치는 여성 총리야.

독일은 국내총생산 기준으로 세계 4위의 경제 대국이야. 생활 수준도 높고, 사회보장제도도 잘 이루어진 나라지. 또 여러 과학 기술 분야에서 독보적인 위치를 차지하고 있다구.

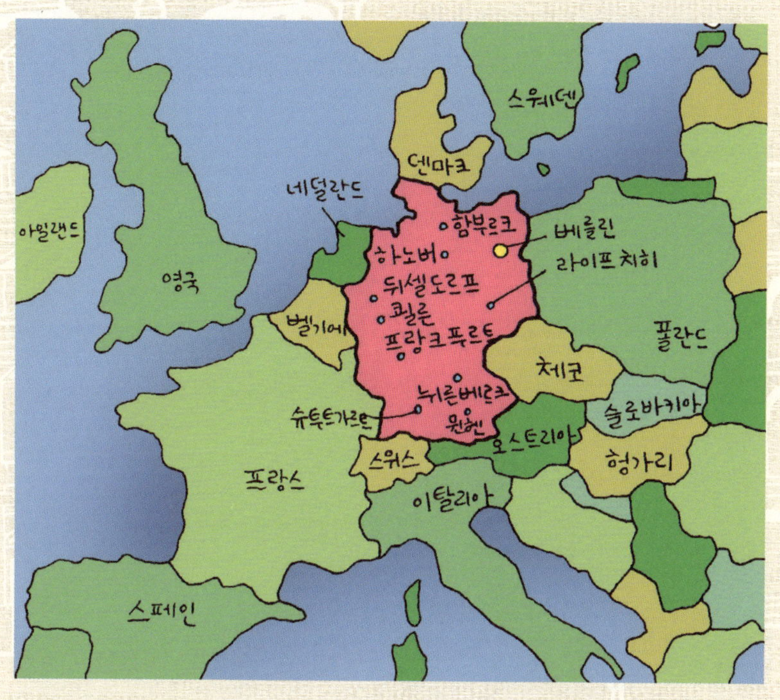

크기 357,021km²(한반도의 1.6배)	**한국과의 시차** −8시간(여름 시간제 기간엔 −7시간)
인구 8,237만 명(2008년 기준, 남한 인구의 약 1.7배)	**정부 형태** 의원내각제 연방공화국
언어 독일어 **수도** 베를린	**화폐 단위** 유로화(Euro)

● 변덕스러운 날씨

독일은 한국처럼 사계절이 뚜렷하지만 겨울은 우리보다 따뜻하고 여름은 더 시원한 편이야. 특히 여름은 장마철같이 비가 많이 온다거나 심하게 덥지 않아서 여행하기에 좋아. 하지만 날씨가 변덕스럽고 우중

충한 날도 많단다. 춥고 습한 날씨에 익숙한 독일인들은 햇볕만 좋으면 얼른 나와서 해바라기를 하지.

독일은 유럽에서 가장 인구가 많은 나라야. 외국인들이 가장 많이 사는 나라이기도 해서 전체 인구의 약 9%에 해당하는 700만 명의 외국인이 살고 있어. '라인 강의 기적'이라 불리는 산업화 당시 노동력이 많이 부족해서 이웃 나라 터키를 비롯한 많은 외국인들을 노동자들로 받아들였거든. 우리나라에서도 70년대에 독일에 간호사와 광부를 많이 파견했어.

● 롤러코스터 같은 역사

독일의 역사는 한마디로 말하자면 분열과 통일의 숨 가쁜 롤러코스터라고 할 수 있어. 독일이 역사에 등장한 것은 98년으로 로마의 역사가 타키투스가 지은 『게르마니아』에 언급되었지. 당시 로마인들은 북방에 사는 이민족들을 뭉뚱그려 '게르만'이라고 불렀어. 그 후 유럽 본토에는 여러 왕조나 제국이 생겨났는데, 독일 땅에 살고 있는 사람들은 300개가 넘는 조그만 나라로 분열되어 있었고 항상 유럽 왕조들의 지배를 받았어. 처음에는 프랑크 왕국, 그다음에는 신성로마제국, 그다음에는 합스부르크 왕조가 차례로 독일을 지배했지.

1618년 로마 가톨릭 교회와 개신교로 나뉜 유럽은 30년에 걸친 종교 전쟁을 하게 돼. 이 전쟁으로 독일 인구의 3분의 1이 죽고, 전쟁의 무대

가 되었던 독일은 350개의 작은 나라들로 쪼개지게 된단다. 만신창이가 된 독일을 다시 일으켜 세운 것은 프리드리히 대왕이야. 그는 350개의 나라 중 하나였던 프로이센의 왕이었는데 다른 독일 제후 국가들을 하나하나 통일하고 1709년에 베를린을 수도로 한 프로이센 왕국을 선포하지. 이때가 독일의 부흥기였어.

하지만 강대국 프랑스의 나폴레옹은 프로이센을 점령해 영토의 반을 가져가 버리지. 또다시 혼란이 찾아왔을 때 비스마르크가 새로운 재상이 돼. 비스마르크는 독일의 힘은 오직 철과 피로만 이루어질 수 있다는 판단 아래, 적극적으로 군사력을 키워서 1871년 갈라진 독일을 통일하지.

프랑스와도 전쟁을 일으켜 알자스 지방을 되찾고 프로이센을 독일 제국으로 선포해. 이것은 독일 역사상 첫 통일이고 '제2제국'이라고 부르지.

이제 강대국이 된 독일은 유럽의 다른 나라들과 마찬가지로 식민지를 만들고자 눈을 돌렸지만 이미 남아 있는 땅이 없었지. 식민지 욕심이 난 독일은 두 차례의 세계대전을 일으켰고 전쟁에서 패해 어렵사리 통일한 지 백 년도 못 되어 동독과 서독으로 분단되고 말았어. 1990년 드디어 다시 하나의 독일이 되었어.

● 독일어 한 마디

독일어는 현재 약 1억 3천만 명이 사용하며 세계에서 6번째로 많이 쓰이는 언어야. 독일, 오스트리아, 리히텐슈타인의 국어일 뿐 아니라 스위스, 벨기에, 룩셈부르크, 유럽연합에서 공용어로 사용되고 있지.

독일어의 알파벳은 라틴어 알파벳을 빌려 쓰는 26개의 자모와 독일어 고유의 움라우트 세 개(ä, ö, ü), 그리고 에스체트(β)를 더하여 모두 30개야. 앞으로는 책을 볼 때 이 네 알파벳이 나오면 독일어로 된 책이라고 생각하면 돼.

아침 인사 Guten Morgen! [구텐 모르겐]	**즐거운 시간 되세요!** Viel Spass! [필 슈파스]
낮 인사 Guten Tag! [구텐 탁]	**잘 지내세요!** Macht's gut! [마흐츠 구웃]
저녁 인사 Guten Abend! [구텐 아벤트]	**행운이 함께하길!** Toi toi toi! [토이 토이 토이]
밤 인사 Gute Nacht! [구테 나흐트]	**감사합니다.** Danke! [당케]
헤어질 때 Aufwiedersehen! [아우프비더제엔]	

불사의 몸

노이슈반슈타인 성의 배낭객

파란 폭탄을 연거푸 터트린 것 같은 봄날, 뮌헨에서 기차를 탄 노빈손의 마음은 두둥실 부풀어 올랐다. 노빈손이 여행을 좋아하는 이유는 새로운 풍경 속의 신선한 공기, 모르는 사람과의 만남에 두근대는 마음, 바로 이런 것들 때문이다. 더구나 이번 여행은 평소와 달리 동행인이 있었다. 세상에 하나밖에 없는 여자 친구, 말숙이와 함께하는 유럽 배낭여행 중인 것이다.

노빈손과 말숙이는 퓌센 기차역에 내렸다. 독일을 소개하는 책이나 엽서에 단골로 등장하는 노이슈반슈타인 성을 보기 위해서였다.

"우아~!"

산 중턱에 뾰족뾰족한 성의 모습이 보이자 노빈손과 말숙이는 환호성을 올렸다. 디즈니영화사의 로고도 이 성을 본따 만들었다고 하던가. 푸른 숲을 배경으로 우뚝 서 있는 성의 모습은 정말 동화 속의 한 장면 같았다. 말숙이는 커다란 물방울무늬 리본이 달린 챙 모자를 쓰고 한 바퀴 팽그르르 돌았다.

"공주인 나한테 딱 맞는 장소야. 빈손아,

분단 당시 서독의 수도였던 뮌헨은 독일의 가장 큰 주인 바이에른 주의 중심도시다. 뮌헨이라는 이름은 수도원을 뜻하는 고대 독일어에서 비롯됐다. 시를 상징하는 문장도 금색 십자가가 그려진 검은 수도복을 입은 수도승 모습이다. 그러나 이런 유래와 달리 뮌헨은 세계에서 가장 크고 유명한 맥주 축제인 옥토버페스트가 열리는 도시이기도 하다.

사진~!"

아무리 여자 친구라지만 사실과 너무 먼 얘기는 정정해 줘야 한다. 노빈손은 주변을 둘러보며 한마디했다.

"누가 들을까 무섭다. 그런 망언은 삼가 줘."

"뭐? 너 야무지게 한번 맞아 볼래? 빨리 찍기나 해!"

어쩔 수 없이 볼에 바람을 빵빵하게 넣고 V자를 그려 보이는 말숙이의 사진을 두어 장 찍고 나니 카메라를 내려놓는 것과 동시에 꼬르륵 소리가 들려왔다.

"밥부터 먹고 보면 안 될까? 금강산도 식후경인데."

"넌 뱃속에 블랙홀이 들었니? 기차에서 빵 먹었잖아."

"그건 산불 난 데 달랑 물 한 바가지 부은 수준밖에 안 된다고. 난 못 가. 뭘 먹기 전에는 못 가."

한참 투닥거린 끝에 말숙이는 '잔소리거부쿠폰' 한 장을 노빈손에게 끊어 주었다. 말숙이의 말이 듣기 싫을 때 내밀면 무조건 조용해지는 쿠폰이라 아주 유용했다. 노빈손과 말숙이는 이런 식으로 서로에게 쿠폰을 발급하는 것으로 애정전선을 유지했는데, 이렇게 생긴 쿠폰을 적재적소에 써 먹곤 했다. 이를테면 노빈손은 '무엇이든 딱한번용서해주는쿠폰'으로 만난 지 백일 된 기념일을 잊고 지나간 것을 용서받았다. 말숙이도 노빈손 못지않게 쿠폰을 요긴하게 써 먹어서, '특급배달쿠폰'을 이용해 한국에서 영국까지 간장게장을 가져오게 만든 적이 있을 정도였다.

매표소에서 성으로 가는 방법에는 버스, 마차, 도보 세 가지가 있었으나 가난한 배낭객인 두 사람은 튼튼한 두 발을 선택했다.

한참 걸어가 도착해 보니 성은 생각보다 훨씬 더 컸다. 성안 곳곳에 걸려 있는 그림과 조각, 금술이 달린 자주색 벨벳 커튼과 샹들리에가 호화로운 왕실 분위기를 자아냈다. 관광객 사이에 낀 두 사람은 가이드의 지시에 따라 성안을 둘러보기 시작했다.

"이 성은 바이에른 왕국의 4대 국왕 루트비히 2세가 17년에 걸쳐 지은 성입니다. 어려서부터 바그너 오페라의 팬이었던 국왕은 중세 기사들의 성처럼 이 성을 만들었고, 내부에 오페라의 장면을 곳곳에 그려 넣었지요. 하지만 자신의 옥좌에 변변히 앉아 보지도 못하고 쫓겨났다고 합니다. 성을 짓느라 나랏돈을 다 갖다 썼기 때문입니다."

가이드의 열정적인 설명을 따라 관광객들이 이리저리 돌아다닐 때, 노빈손의 뒤를 은밀히 밟는 그림자가 있었다.

'온다……. 이쪽으로 와!'

한수 비나이더는 음모를 꾸밀 때마다 빨개지는 두 볼을 진정시키기 위해 뺨을 찰싹 때리고 주머니에서 데빌폰을 꺼냈다.

'여기는 보는 눈이 너무 많아. 장소를 바꿔야겠어.'

비나이더는 부지런히 버튼을 눌렀다. 그러나 데빌폰은 "이 서비스는 유료 결제를 하셔야 되걸랑요?", "데이터 요금을 별도로 내셔야 하걸랑요?"이라고 깐죽거리며 말을 듣지 않았다. 한참을 씨름한 끝에 비나이더는 겨우 '마법의 손잡이' 하나를 얻을 수 있었다. 벽에 붙이면 어디든 시간여행이 가능한 문이 생기는 마법이다.

비나이더는 잘 보이지 않는 구석에 마법의 손잡이를 붙이고 노빈손이 오기를 기다렸다. 한참 노빈손을 관찰한 끝에 비나이더는 '저 녀석은 먹는 데 약하다'라는 결론을 내렸다. 주머니에서 초콜릿을 잔뜩 꺼낸 비나이더는 마법의 손잡이가 달린 벽까지 드문드문 뿌리기 시작했다. 과연, 얼마 되지 않아 먹잇감이 떡밥을 무는 소리가 들려왔다.

"이게 웬 떡, 아니 웬 초콜릿이람?"

관람객 무리에서 빠져나온 노빈손은 신나게 초콜릿을 주웠다. 숨어 있던 비나이더는 침을 꼴깍 삼키며 숨을 죽였다. 이윽고 손잡이가 달린 문 앞에서 초콜릿의 행렬이 끝나자 노빈손은 아쉽다는 듯 입맛을 쩝 다시더니 말숙이를 불렀다.

"말숙아, 이리 와 봐."

"왜에?"

"잠깐만 여기 들어가 보자."

노빈손은 놋쇠 손잡이를 돌리고 문을 열었다. 두 사람은 문밖으로 운명의 발걸음을 내디뎠다.

 # 중세로 온 노빈손

"엥? 우리 밖으로 나온 거야?"

갑자기 눈부신 햇살과 푸른 담요 같은 풀밭이 펼쳐지자 두 사람은 잠시 멍해졌다. 방금 전까지 호화로운 성안에 있었는데 눈앞에 절벽과 그 아래로 잔잔히 흐르는 강물이 펼쳐져 있는 것이 아닌가.

"이상한데……. 돌아가자."

"앗!"

뒤를 돌아봤더니 문이 있어야 할 자리에 커다란 떡갈나무가 떡하니 서 있었다. 더 놀라운 것은 눈 씻고 봐도 노이슈반슈타인 성이 보이지 않는다는 것이다.

"도깨비한테 홀렸나. 빈손아, 어떻게 된 거야?"

"나도 몰라. 한 가지 확실한 건 좋지 않은 징조라는 거지!"

이런 황당한 상황은 곧 엄청난 모험으로 이어지곤 하지 않았던가.

"난 네가 시간여행 어쩌구 할 때 정말 농담인 줄 알았어……."

직접 겪기 전까진 절대로 믿을 수 없는 일들이 가끔 있다. 시간여행이 그랬다. 말숙이는 그간 노빈손이 온갖 모험담을 늘어놓을 때 솔직히 허풍이라고 생각했었다.

이제 때가 무르익었다고 판단한 한수 비나이더는 두 사람이 다가오는 방향에 서 있는 커다란 떡갈나무에 살포시 바구니를 놓아 두었다.

바구니에서 너무나 맛있는 냄새가 솔솔 풍겼다. 코 평수를 한껏 넓히고 벌름거리던 노빈손이 발걸음을 우뚝 멈췄다.

"뭘까, 영혼을 뒤흔드는 이 냄새는……."

노빈손은 몽유병 환자처럼 휘적휘적 바구니 쪽으로 다가갔다. 등나무로 만든 커다란 피크닉 바구니는 뚜껑이 덮여 있었다. 빈손의 손이 저절로 움직여 뚜껑을 열었더

은근히 격식 차리기를 좋아하는 독일 사람들의 문화가 잘 드러나는 곳은 바로 식탁 꾸미기이다. 소풍을 가거나 도로 가의 휴게소에 들러 간단하게 요기를 할 때도 독일 사람들은 먼저 식탁보를 편다. 근처에 들꽃이라도 있으면 몇 송이 꺾어 식탁을 장식한다. 그렇게 차려놓고 먹는 음식이 간단한 빵과 음료일 뿐이라 해도, '제대로 된 식탁' 차리기를 좋아하는 것이다.

니, 오호라, 이게 웬 떡, 김이 무럭무럭 나는 온갖 먹을거리가 들어 있는 것이 아닌가!

독일 음식의 상징인 각종 소시지, 감자 팬케이크, 독일식 김치인 양배추 절임, 향이 너무나 좋은 생강빵, 얇게 썬 고기에 빵가루를 묻혀 튀긴 요리 등등이 보이자 노빈손과 말숙이는 군침을 꿀꺽 삼켰다.

"자, 잠깐! 근데 여기 종이가 있어."

"가무에 능한 숙녀에게 이 바구니를 증정합니다? 가무 하면 나 말숙이지!"

말숙이는 시키지도 않았는데 신이 나서 노래를 메들리로 불러 가며 열심히 웨이브를 넣기 시작했다. 자기 노래에 맞춰 추는 그 춤은 냉정하게 말하자면, 참 가관이었다.

"라라라라라, 라라라라라~."

한편 절벽 아래 강에서는 말숙이의 노랫소리에 굽이치는 라인 강의 물살만큼이나 거세게 사람들이 술렁거렸다.

"아니, 저게 뭐지?"

생전 처음 보는 엽기적인 춤에 놀란 뱃사공들이 눈을 휘둥그레 뜨고 있었다.

"저걸 좀 봐!"

"로렐라이 언덕 아나?"

"저건 인간의 춤이 아냐."

심지어 노를 놓친 채 넋을 잃고 말숙이의 춤을 보는 뱃사공까지 있었다. 그 중 한 명의 배가 뒤집히면서 강에서는 한바탕 난리가 났다.

이런 소동을 전혀 모르는 말숙이는 자신이 아이돌이라도 된 것처럼 춤 삼매경에 빠져 있었다.

"랄라라~ 라흘랄랄라~."

한바탕 춤을 추고 난 말숙이는 이마에 송

로렐라이 언덕

라인 강 기슭에 있는 언덕으로 '요정의 바위'라는 뜻이다. 금발의 아름다운 요정이 이 언덕 위에 앉아 노래를 부르면 지나가던 뱃사공이 그 모습에 홀려 노를 놓치고 바로 아래의 급류에 휘말려 죽는다는 전설을 갖고 있다. C. 브렌타노가 이를 설화 시로 만들었고 훗날 하이네가 서정시로 다시 써서 더욱 유명해졌다.

송 난 땀을 닦으며 자리에 앉았다. 그새를 못 참고 노빈손은 볼이 미어져라 음식을 밀어 넣고 있었다.

"치사하게 같이 먹지 않고……. 이리 내!"

말숙이가 노빈손이 들고 있는 소시지를 뺏느라 실랑이를 하는데 갑자기 한 떼의 사람들이 몰려왔다.

"마녀다!"

"마녀가 또 나타났어!"

"잡아라!"

그들은 쇠스랑이나 갈퀴 같은 농기구를 든 채 우르르 말숙이에게 달려들었다. 노빈손은 뭔 일인가 싶어 입만 벌리고 있었다. 말숙이는 놀란 와중에도 한마디 했다.

"뭔가 착오가 있나 본데, 전 '마녀' 가 아니라 '미녀' 라고요. 미~녀."

"이것 봐. 정상이 아냐."

"배가 몇 척이나 뒤집힌 줄 알아? 가자, 이 마녀야."

달려든 사람들이 다짜고짜 말숙이를 꽁꽁 묶었다.

"아니, 이 양반들이! 제 친구에게 무슨 짓이에요!"

노빈손이 말리려고 뛰어들었지만 힘 센 농부들에게 튕겨 나가고 말았다.

"살려 줘, 빈손아!"

"잠깐만요. 우리 말숙이를 어디로 데려가는 겁니까, 네?"

사람들은 말숙이의 손과 발을 포박하고는 노빈손이 끼어들지 못하도록 말숙이를 에워싸고 마을로 끌고 내려가더니 웅장한 성안으로 자취를 감췄다.

"말숙아, 말숙아!"

노빈손은 닫혀 버린 성문을 쾅쾅 두드려 봤지만 완강한 철문은 결코 열리지 않았다. 도대체 무슨 일이 일어난 걸까? 마녀라니 그건 또 무슨 말인가? 갑작스레 벌어진 일에 망연자실해진 빈손은 맥이 탁 풀려 스르르 주저앉고 말았다.

그때 노빈손에게 다가오는 그림자가 있었다. 브로콜리처럼 뽀글뽀글한 머리에 오동통한 몸피를 한 그림자의 정체는 한수 비나이더였다.

"곤란에 처한 나그네여ー. 그대의 절규가 이 한수 비나이더의 발길을 붙드는구려."

"누, 누구야?"

고색창연한 말투에 고개를 들어 보니 웃기게 생긴 녀석이 진지한 표정으로 노빈손을 내려다보고 있었다.

"일단 마법사라고 해 두죠. 여자 친구를 구하고 싶으면 날 따라와요."

"어디서 사기를 치려고. 마법사가 지팡이도 없냐?"

"그런 구식 대신 요즘엔 이런 걸 쓰죠."

독일 시사주간지 「슈피겔」에 따르면 '중세 초기에 산 사람들의 뼈를 분석한 결과 남자들의 평균 신장이 173cm로 현대 인류와 그다지 큰 차이를 보이지 않았다'고 밝혔다. 9~13세기엔 온화한 날씨가 계속돼 평균 기온이 3~4℃ 정도 올라가 농경을 할 수 있는 시기가 늘어났고 사람들의 영양 상태도 좋아졌다. 유목 생활을 하던 게르만 족이 유목 생활을 버리고 정착해 과거처럼 이동하며 전염병을 퍼뜨릴 확률도 줄어들었고 직조 기술이 발달해 짐승가죽만 걸치고 살던 게르만 족도 옷을 만들어 입었는데 이런 물질적인 혜택이 평균 신장을 크게 했다는 것이다.

비나이더는 데빌폰을 꺼내 버튼을 뾱뾱 눌렀다. 그러자 바닥에 동그라미가 생기더니 그 부분의 땅만 무지개색으로 변했다.

"마녀로 몰린 여자를 구하려면 힘과 돈, 둘 다 필요한 법. 자! 내가 그 방법을 알려주겠어요. 이 데빌폰을 잡아 봐요."

노빈손의 이성과 감성 사이에서 치열한 힘 겨루기가 벌어졌다. 이성은 수상한 녀석을 따라가지 말라고 했으나 감성은 할 수 있는 일은 뭐든 무조건 시도해 봐야 한다고 빈손을 부추겼다. 이런 경우 노빈손의 이성은 한 번도 감성을 이겨 본 적이 없다.

"좋아. 가겠어."

노빈손은 눈을 질끈 감고 데빌폰의 빨간 뿔 모양 안테나의 한쪽을 잡고 무지개색 원 속으로 뛰어들었다.

'꼭 구해 줄게, 말숙아!'

비나이더가 버튼을 누르자 데빌폰은 강력한 진동을 하며 두 사람을 원 안으로 끌고 들어갔다.

목욕 좀 해, 자꾸프리트 왕자!

정신을 차려 보니 안개에 뒤덮인 계곡 앞이다. 높이 솟은 계곡의 윗부분은 구름에 덮여 있었고, 계곡 사이로는 사람 하나, 당나귀 하나 간신히 지나갈 만한 좁은 길이 뻗어 있었다. 무성하게 자란 나뭇잎 때문에 햇볕은 거의 들지 않았다.

"여긴 어디야?"

"설명은 나중에 하고, 빨리 저 금발을 따라가요."

비나이더의 손가락은 한 청년의 뒷모습을 가리키고 있었다. 땟물이 줄줄 흐르는 옷을 입은 뚱뚱한 청년 하나가 등에 뭔가를 진 채 씩씩하게 걸어가고 있었다. 노빈손이 얼른 쫓아가자 비나이더는 앞서 가던 청년을 불러 세웠다.

"안녕하세요, 자꾸프리트 왕자님! 모험 중이신가 봐요. 어디로 가세요?"

"누군데 날 알지?"

"왕자님의 명성을 모르는 자가 있겠어요? 우리도 왕자님처럼 모험을 찾고 있습니다."

"하긴 내가 쫌 유명하지. 흠흠, 모험을 찾는다고? 좋아. 맘에 드는데."

자꾸프리트 왕자가 거만하게 손을 내밀자 비나이더는 얼른 한쪽 무릎을 꿇고 왕자의 반지에 입을 맞췄다. 충성을 의미하는 중세식 인사법이었다.

'거지 왕자인가, 왜 이렇게 지저분하지?'

노빈손은 자꾸프리트에게 풍기는 고린내를 맡지 않으려고 콧구멍을 약간 위로 올린 채 악수를 했다. 그리고 아까부터 마음에

보기에는 근사한 중세의 기사들. 그러나 가까이 가면 냄새 때문에 환상이 깨질지도 모른다. 왜냐하면 중세 기사들은 일 년에 한두 번 목욕을 할까 말까였기 때문이다. 유럽에서는 깨끗한 물이 귀할뿐더러 종교의 영향으로 맨 몸을 드러내는 것을 꺼렸기 때문이다. 빨래도 자주하지 않아서 옷이 헤져서 버릴 때까지 한 번도 빨지 않는 경우도 종종 있었다. 이슬람 왕국에서 온 사신은 자신을 환영하기 위해 도열한 기사들에게서 나는 냄새에 경악했다고 한다. 하루 다섯 번의 예배를 보기 전에 몸을 씻는 무슬림들로서는 이렇게 씻지 않는 것이 도저히 믿어지지 않았기 때문이라고

몹시 걸리던 말을 뱉고 말았다.

"반갑습니다. 그런데 남대문 열린 거 알고 계세요?"

"옴마야!"

거만하던 자꾸프리트는 얼른 뒤로 휙 돌아섰다. 출렁이는 뱃살 때문에 자꾸 바지 단추가 풀려서 망신을 당하곤 하던 왕자는 이번에 야말로 기필코 다이어트를 하겠다고 이를 악물었다. 왕자가 너무 민망해하자 빈손이 얼른 화제를 돌렸다.

"손에 든 건 뭐죠?"

"아, 이거? 우리 스승님이 시켜서 만든 그물이야."

자꾸프리트는 다시 거만한 표정으로 촘촘히 만든 쇠 그물을 펼쳐 보였다.

"쇠로 만든 그물이지. 나처럼 힘 센 사람은 섬세한 작업을 해야 균형이 맞는다고 스승님이 그러셨어. 덕분에 난 완벽한 왕자로 거듭 난 거야."

'중증 왕자병이네. 아니지, 진짜 왕자라면 병은 아닌 건가?'

노빈손은 고개를 갸웃거리며 생각했다. 빨리 말숙이를 구해야 하는데, 비밀을 쥐고 있는 비나이더가 왜 왕자를 따라가라고 한 건지 감이 잡히지 않았다. 마음을 읽은 걸까? 한수 비나이더가 이렇게 속 삭였다.

"왕자를 도와 모험에 꼭 성공해야 해요. 그러면 힘과 돈을 한꺼번 에 얻을 기회가 온다고요. 물론 여자 친구도 구할 수 있고요."

자꾸프리트 왕자는 계곡 사이에 난 동굴로 들어갔다. 동굴이 둘로 갈라지기 직전에 팻말이 나왔다. 하나는 '끝없는 길', 또 하나는 '가도 가도 끝없는 길'이라고 적힌 팻말이었다. 자꾸프리트 왕자는 '가도 가도 끝없는 길'을 골라 점점 더 깊숙이 걸어 들어갔다.

"정말 가도 가도 끝이 없네요. 왕자님, 이 길이 확실한가요?"

"그럼, 이리로 가야 용이 나와."

"용이라니 그게 무슨……."

노빈손이 더 물어보려고 할 때 갑자기 길이 넓어지면서 푸른 호수가 나타났다.

"아얏!"

호수의 풍경에 감탄할 새도 없이 호수 건너편에서 느닷없이 돌멩이가 날아와 노빈손의 이마를 맞혔다.

"으악!"

"뭐지?"

잇따라 자꾸프리트와 비나이더도 소리를 질렀다. 놀라서 살펴보니 호수 저편에서 돌덩이들이 날아오고 있었다. 돌을 던지는 것은 소름 끼치게 생긴 괴물이었다.

"마침내 기다리던 놈이 나타났군. 차세대 영웅인 내가 상대해 주지."

"저게 뭐죠?"

"용이잖아. 용!"

"엥, 저게 용이라고요?"

노빈손은 상상과 딴판인 용의 모습에 눈이 휘둥그레졌다. 빈손이 생각한 용은 중국집 간판에 자주 등장하는 모습이었다. 그런데 눈앞의 용은 몸통이 뱀처럼 길쭉한 게 아니라 모과처럼 볼록했고, 몸은 황금 비늘이 아니라 썩은 나무처럼 칙칙한 색깔의 피부로 뒤덮여 있었다. 무엇보다 여의주가 물려 있어야 할 입에서 끈적끈적한 초록색 침이 뚝뚝 떨어지고 있었다. 왕자는 큰 소리로 용에게 외쳤다.

"불세출의 영웅, 자꾸프리트의 이름을 기억해라!"

그러더니 근처에 있던 보리수나무를 뿌리째 뽑아 호수 너머로 던졌다. 생일 케이크에 꽂힌 초를 뽑듯이 하나도 힘들지 않은 모습이었다. 노빈손은 영국에서 만난 데이비드 백곰 이래 이렇게 팔 힘이 센 사람은 처음 보았다.

"받아랏!"

획, 우지끈, 쾅, 획획, 콰콰쾅! 자꾸프리트는 연달아 나무를 던졌고 용은 나무 더미에 파묻혀 얼굴만 빼꼼 내민 지경이 됐다. 눈과 눈 사이에 나무를 정통으로 얻어맞은 용은 불같이 화를 냈다. 이것은 사실 그대로를 옮긴 표현으로, 용이 입을 쩍 벌리더니 불꽃을 내뿜기 시작한 것이다.

"끄웨에엑!"

푸른 호수를 사이에 두고 자꾸프리트와 용의 한판 승부가 시작됐다.

지하 감옥의 마녀들

한편 마녀로 몰려 지하 감옥에 갇힌 말숙이는 넋이 반쯤 나가 있었다. 사방이 막혀 있는 감옥은 습기가 차고 무척 추웠다. 그곳엔 말숙이 외에 스무 명쯤 되는 여자 죄수들이 수감되어 있었다.

나이테의 개수로 나무의 나이를 측정하는 것은 널리 알려져 있다. 그러나 이미 베어 낸 나무라면 나이테를 셀 수 있겠지만 살아 있는 나무의 나이는 어떻게 알아낼까? 답은 '생장추'라는 기구를 사용하는 것이다. 생장추는 속 빈 파이프 끝에 나사형 날이 붙어 있는 기구인데, 이걸 이용해 나무의 속을 소량 파고들어 추출한 목편의 나이테를 세어 낸다. 나무에 구멍을 내는 셈이지만 아주 작은 양만 채취하기 때문에 나무가 살아가는 데는 지장을 주지 않는다고.

"다친 데는 없니?"

"그런 것 같아요. 언니들은 누구세요?"

한참 후에야 정신을 차린 말숙이가 멍하니 되물었다.

"난 클라우디아 쉬퍼. 이쪽은 하이디 클룸이야."

키가 크고 늘씬한 두 언니들이 자기 소개를 했다. 둘 다 금발에 굉장한 미인들이었다. 그들은 뜻밖에도 말숙이의 옷에 각별한 관심을 보였다.

"굉장해. 여자애가 바지를 입다니."

"상당히 과감한데. 멋있다, 너."

"이 옷은 어디서 만든 거니?"

말숙이는 감옥에 온 것도 이상하지만 이런 질문을 받는 건 더 이상해서 얼른 말이 떨어지지 않았다. 한참 말숙이의 옷차림에 대해 떠들던 두 미녀가 문득 물었다.

"그런데 재판 받을 돈은 있니?"

"돈을 왜 내요? 끌려온 것도 억울한데."

말숙이는 재판에 돈을 낸다는 말에 깜짝 놀랐다. 그러자 클라우디아가 정색을 하고 말했다.

"네가 외국인이라 잘 모르나 본데 마녀로 몰리면 돈이 엄청 필요해. 재판을 받을 때, 감옥에서 밥 먹을 때, 심지어 화형대에 올라갈 때도 돈, 돈, 돈을 내야 해. 더 웃기는 건 여기 오는 순간 재산이 몰수된다는 거야."

"우리도 전 재산을 잃었어. 그 돈으로 고아원을 지으려고 했는데……."

금세 눈물이 핑 도는 두 사람은 잠시 말을 잇지 못했다. 이렇게 시작된 하이디와 클라우디아의 인생 이야기는 밤새 계속되었다.

전쟁으로 남편을 잃은 두 사람은 숲에 들어가 근근이 목숨을 부지했다. 그렇게 숲 생활이 몇 년 지나자 독초와 약초에 관해 모르는 것 없이 훤해졌다. 둘은 약초로 연고를 만들어서 마을 사람들에게 팔았다. 피가 날 때 멈추게 하는 연고, 종기가 났을 때 가라앉히는 연고는 효과가 특히 뛰어났다. 어느 정도 종잣돈이 생기자 둘은 새로운 꿈에 부풀었다. 고아원을 짓는 꿈. 아이가 없는 두 사람은 전쟁통에 버려진 고아들을 돌보고 싶었다…….

그런데 마녀라는 고발이 들어온 것이다. 마녀가 아니고서야 그렇게 몸에 잘 듣는 연고를 만들 수가 없다는 것이 고발장의 주된 내용이었다.

"정말 어이가 없어. 대답할 수 없는 말만 물어보는 거야."

"언제 마녀가 됐는지, 숲의 집회에는 누구랑 갔는지, 심지어 하늘을 날 때 무슨 빗자루를 썼는지 물어보더라니까. 대답을 못 했더니 우리더러 진짜 마녀래."

"증조할머니 때부터 쓰던 빗자루를 증거랍시고 가져가는 꼴이라니……."

클라우디아와 하이디는 억울함을 토로하

중세 시대에는 잦은 전쟁과 전염병 때문에 사람들이 한꺼번에 죽는 일이 흔했다. 이렇게 대재앙을 만나면 정치가들은 '세상이 이렇게 힘들어진 이유는 마녀가 마술을 부려서'라며 애꿎은 사람들을 마녀로 몰아 처형했다. 이렇게 함으로써 자신의 책임을 면하고 더불어 몰수된 재산과 권력까지 얻는 것이다. 내가 아닌 누군가의 희생으로 이익을 얻고자 하는 욕망이 사라지지 않는 한, 마녀사냥은 중세뿐 아니라 현대에도 얼마든지 벌어질 수 있다.

다가 막판에는 깔깔 웃었다. 말숙이도 따라 웃으려고 했지만 입꼬리
가 통 올라가지 않았다.

'대체 여길 어떻게 나가지?'

차디찬 감옥에 누운 말숙이는 잠을 이루지 못했다.

 ## 불꽃 피구는 무서워

"저것 봐, 나뭇잎을 태우고 있어!"

용의 주둥이는 화염방사기나 다를 바 없었다. 한번 입을 벌릴 때
마다 엄청난 불꽃이 뿜어져 나와 주변을 태워 버렸다. 어느새 방청
객 비스무리한 자세로 앉은 노빈손은 강 건너 불구경, 아니 호수 건
너 용 구경을 하면서 감탄했다.

"그게 문제예요? 통구이가 될 판인데!"

한수 비나이더는 피구를 하는 사람처럼 불덩이를 피하면서 울상
이 됐다. 설마 같은 편인 자신까지 공격할 줄이야. 아무리 신호를 보
내도 저 띨띨한 용은 비나이더에게까지 불을 뿜어 댔다. 이러다 노
빈손의 영혼은 고사하고 자기 영혼부터 대령하게 생겼다 싶어 비나
이더의 얼굴에서는 핏기가 싹 가셨다.

"앗, 뜨거!"

자꾸프리트가 펄쩍 뛰었다. 불똥이 튀어 양 눈썹이 홀라당 타 버
린 것이다.

'감히 파충류 주제에 만물의 영장, 그 중에서도 일국의 왕자인 나를 욕보이다니. 그것도 내 자존심인 일자 눈썹을!'

자꾸프리트는 참을 수 없는 분노가 치밀어 눈에 불을 켜고 무기를 찾았다. 그러나 그동안 얼마나 많은 주변 나무를 뽑아서 무기로 써 먹었던지, 이제 남아 있는 나무라고는 딱 한 그루밖에 없었다. 그때 노빈손이 나섰다.

"워워~ 진정하시죠. 수많은 모험을 한 선배로서 한마디 하자면, 지금은 팀플레이가 필요한 때입니다."

"팀플레이가 뭐야, 먹는 건가?"

"따라오시죠."

나무 뒤로 몸을 피한 빈손이 자꾸프리트에게 작전을 열심히 설명했다.

한편 날아오던 나무가 멈추자 용은 날개를 펴고 날 준비를 했다. 본격적으로 저 건방진 인간들을 혼내 줄 생각이었다. 몇 번 푸르덕되던 용은 호수 위를 날기 시작했다.

호수를 건너온 용은 성가신 것들을 모조리 태우기 위해 고개를 돌리며 주위를 살폈다. 그런데 자꾸프리트는 보이지 않고 희한하게 생긴 녀석 하나가 약을 올리기 시작했다.

"용! 이리 와 봐. 용용 죽겠지?"

노빈손은 혀를 쏙 내밀며 용을 약 올리기 시작했다. 용으로 태어난 이래 '용용 죽겠지?'란 말을 골백번도 더 들은 용은 다시 불을 뿜을 준비를 했다. 저렇게 유치한 농담을 하는 인간에게 예의를 가르쳐 주는 건 드래곤 종족의 임무가 아닐 수 없다.

"이크!"

방금까지 서 있던 자리에 땅이 파일 만큼 커다란 불덩이가 떨어지자 노빈손은 얼른 바위 뒤로 숨었다. 불똥 하나 튀었을 뿐인데 소중한 빈손의 머리카락이 모두 곱슬머리가 되게 생겼다.

'자꾸프리트가 도착했을까?'

노빈손은 삼십 미터쯤 떨어진 바위를 살피며 불꽃을 피해 달렸다. 바위 사이에 난 좁은 길이 가까워지자 심장이 마구 뛰었다. 이 작전은 타이밍이 생명이다. 한 치라도 어긋나면 자신은 통구이가 되고 성안으로 끌려간 말숙이의 앞날엔 무슨 일이 생길지 모른다.

저만치 자꾸프리트의 금발이 반짝 빛났다.

"이때야!"

노빈손은 바위 틈을 통과하며 입에 손가락을 넣어 삐익 소리를 냈다. 용이 바위 사이로 고개를 집어넣는 것과 동시에 자꾸프리트가 던진 커다란 그물이 허공에 펼쳐졌다. 용은 머리 위에 무언가 떨어지고 있는 줄도 모르고 입을 쩍 벌려 노빈손을 향해 불꽃을 내뿜었다.

"꾸에에엑~!"

외마디 비명도 잠시, 노빈손도 미처 예상하지 못한 놀라운 일이 벌어졌다. 쇠로 된 촘촘한 그물에 휘감긴 용이 자기가 토한 불길에 휩싸여 타기 시작한 것이다.

"꾸웨에에엑!"

다시 한 번 귀청이 찢어질 듯 고성을 지르며 용은 사방으로 마구 불을 뿜었다. 그러나 쇠로 된 그물이 불에 탈 리가 없다. 용의 비명이 온 천지를 울렸다.

고막을 파고드는 용의 비명에 노빈손은 현기증을 느끼며 털썩 쓰러졌다.

 ## 용의 피로 목욕을 해야 하나?

누군가 찰싹찰싹 뺨을 때려서 신경이 몹시 거슬렸다. 노빈손은 눈을 뜨지 않은 채로 인상을 썼다.

"이러지 마, 로렐라이 요정, 난 말숙이가 있어……."

"꿈 깨요!"

가물가물 눈을 떠 보니 한수 비나이더의 얼굴이 보였다.

"서둘러야 해요. 왕자가 목욕을 시작했다고요."

노빈손을 일으켜 세운 비나이더는 호수를 가리켰다. 자꾸프리트는 십 년은 빨지 않은 듯한 더러운 옷을 홀랑 벗어 던지고 호수에 몸을 담그고 있었다. 용의 피가 섞여 들어간 호수는 아까와 달리 붉은색으로 변해 있었다. 무엇보다 김이 모락모락 나는 것이, 꼭 노천 온천 같았다.

"어, 시원~~하다. 십 년 묵은 체증이 쑥 내려가는구면."

자꾸프리트 왕자는 눈을 지그시 감으며 할아버지 같은 소리를 해 댔다. 비나이더는 흥분한 목소리로 노빈손에게 속삭였다.

"자, 기회가 왔어요. 용의 피로 목욕하면 힘도 엄청 세지고 죽지도 않는 불사의 몸이 된다고요. 그런 용사라면 성문을 부수고 여자 친구를 구하는 건 누워서 떡 먹기죠. 얼른 자꾸프리트를 따라 들어가요!"

비나이더는 노빈손의 윗옷을 벗기며 호수 쪽으로 등을 떠밀었다. 노빈손이 눈을 비비자 '펑!' 소리와 함께 허공에 양피지 한 장과 깃털 펜이 나타났다. 〈영혼 계약서〉라고 적힌 종이에는 깨알 같은 글씨들이 빽빽이 적혀 있었다.

"얼른 사인을 하고 물에 들어가세요. 불사의 몸이 되는 대신에 당신의 영혼을 내게 주는 겁니다. 어차피 죽지도 않는데 영혼이 뭐가 필요하겠어요?"

비나이더가 떠미는 통에 노빈손은 뭔가에 홀린 사람처럼 깃털 펜을 쥐었다.

"가만, 물이 너무 뜨거운 거 아냐?"

호수에서 김이 펄펄 나자 노빈손은 문득 정신을 차렸다.

"나 뜨거운 물에 못 들어가는데……. 일단 한번 온도를 봐야겠어."

빈손은 무릎을 굽혀 왼손 두 번째 손가락을 살짝 담가 보았다. 온도는 적당히 따뜻했다. 그런데 이 둥둥 떠다니는 이물질은 뭐지?

"으악, 때잖아?"

맙소사. 모험을 하느라 통 씻지 못한 자꾸프리트의 몇 년 치 때가 호수 물에 떠다니고 있었다.

"청~~~산~~~."

자꾸프리트는 목청껏 노래를 부르며 겨드랑이까지 박박 밀고 있었다. 그때마다 지우개 가루 같은 땟국이 줄줄 흘러나왔다.

"불사고 뭐고 저런 더러운 물에는 안 들어가!"

본인도 그리 청결과 가까운 사이는 아니지만 회색 때가 출렁이는 것을 보자 노빈손은 호수에 들어갈 마음이 싹 가셨다.

"여자 친구를 구해야죠. 안 그래요? 그러려면 힘이 필요하고 또……."

"다른 방법으로 할래. 게다가 나만 안 죽고 혼자 살아 있으면 무슨 재미야. 거참, 생각해 보니 그러네."

"무슨 소리예요? 여기 들어가야 제 각본대로……. 때 같은 건 잠

간 잊고 후! 후!"

비나이더는 물결을 따라 밀려오는 때를 입으로 불어 보기까지 했으나 노빈손의 고집을 당할 순 없었다.

두 사람이 옥신각신하는 동안 보리수 나뭇잎 하나가 바람을 타고 날아가 자꾸프리트의 왼쪽 어깨에 착 붙었다. 이리하여 왕자의 몸 중에 단 한 군데에만 용의 피가 묻지 못했다.

한편 비나이더는 다른 유혹으로 구슬리고 있었다.

"그럼 왕자의 반지라도 뺏어요. 왕자가 끼고 있는 '니벨룽의 반지'는 보통 반지가 아니에요. 저걸 끼고 문지르면 황금이 절로 나온다고요!"

노빈손은 황금이 절로 나오는 니벨룽의 반지에 솔깃한 마음이 들었다. 하지만 쥐새끼처럼 조심조심 숨어들어 반지를 훔치는 건 영 비위에 맞지 않았다. 노빈손의 집 가훈이 뭔가, 바로 정직, 성실, 근면이다. 성실과 근면은 꿩 구워먹은 지 오래지만 적어도 거짓말은 안 하고 정직하게 살아온 날들에 먹칠을 할 수는 없었다. 빈손은 엄숙한 표정으로 한수 비나이더의 입술에 손을 가져갔다.

"쉿, 나 노빈손. 친구의 물건을 스리슬쩍 하는 찌질이가 아냐."

"그럼 무슨 수로 여자 친구를 구하겠다는 거죠?"

"죽은 용 고기를 내다 팔겠어. 통구이 상태니까 먹기도 좋고, 무엇보다 용 아냐. 엄청 비싸게 팔릴 것 같은데."

"고작 고기 몇 근 때문에 우리가 이 고생을 했습니까!"

"몇 근이 아냐, 몇 십 근이지."

두 사람이 옥신각신하는 동안 목욕을 마친 자꾸프리트는 이 대화를 전부 들었다. 둘 다 목소리를 높이는 바람에 듣지 않을 수 없었던 것이다. 왕자는 크나큰 감명을 받았다. 온갖 권모술수가 판치는 궁전이 싫어서 나왔지만 타고난 거만함 때문에 밖에서도 친구를 별로 사귀지 못했다. 그런 왕자로서는 자기를 속이지 않고 진심으로 대해 주는 누군가를 만난 건 태어나서 처음이

알고 보면 우린 독일 노래를 아주 잘 알고 있다. 우선 태어나자마자 엄마가 불러 줬던 '잘 자라 우리 아가~' 하는 자장가는 독일 작곡가 브람스의 곡이다. 또 유치원에서 즐겁게 불렀던, 〈나비야〉, 〈옹달샘〉도 독일 노래라는 사실. 〈동무들아〉, 〈숲속의 음악가〉, 〈소나무〉 등 예전부터 즐겨 부르던 많은 동요가 독일의 노래였다. 그러니 우린 전부터 독일과 가까웠던 사이.

었던 것이다.

십 년 묵은 체증, 아니 때를 벗겨서 귀티 나는 흰 얼굴로 돌아온 자꾸프리트는 벅찬 감격에 젖어 노빈손을 포옹했다.

"오, 노빈손. 사나이의 우정을 보여 준 너에게 큰 감동을 받았도다. 니벨룽의 반지는 줄 수 없지만 대신 내가 궁전에서부터 지녀 왔던 이 브로치를 하사하노라!"

갑자기 왕자의 말투로 돌아간 자꾸프리트는 가슴에 달린 보석 브로치를 노빈손에게 주었다.

"우아~ 엄청 큰 보석이잖아?"

"네 연인이 어떤 곤경에 처해 있는지 몰라도 이 정도면 성도 살 수 있을 거다."

"정말 고마워요!"

노빈손도 자꾸프리트를 힘차게 안아 주려다 남자끼리 너무 닭살인 것 같아서 앞머리를 마구 헝클어뜨렸다.

"아야야. 나 왕자라니까. 스타일 구겨지게."

"암튼 잘 쓸게요!"

세 사람은 동굴을 다시 빠져나왔다. 첫 번째 유혹에 실패한 한수 비나이더가 풀이 죽어 시무룩하게 노빈손의 뒤를 따랐다.

'의외로 첫 번째 유혹을 가볍게 넘기

네……. 음, 작전을 새로 짜야겠어.'

동굴 밖으로 나오자 아쉬운 작별의 시간이 되었다. 왕자는 자신의 나라로, 노빈손은 말숙이를 구하기 위해 각각 반대 방향으로 떠나야 했기 때문이다.

"잘 가. 다음에 만나면 내가 너 귀족 시켜 줄게."

"왕자님도요. 남대문 열리지 않게 조심하고요."

말이 끝나자마자 한 번 더 바지를 내려다본 자꾸프리트는 손을 힘차게 흔들고 사라졌다.

자꾸프리트 왕자가 들려주는 게르만 신화와 니벨룽의 노래

안녕? 씻기보다 먹기를 백 배쯤 좋아하는 왕자, 자꾸프리트야. 내 이름은 독일 민족의 대 서사시에 나오는 지크프리트 왕자의 이름에서 딴 거야. 지금부터 그 대 서사시 얘기를 해 줄게.

● 게르만 신화

게르만 신화에는 여러 신들과 거인 족과 난쟁이와 예언자들이 등장해. 그들은 서로 내기를 하거나 싸우고, 보물을 찾아 모험을 떠나지. 그러다 세계를 지탱하는 나무 위그드라실 아래서 '운명의 여신'들이 만드는 실이 끊어지면 신들의 최후가 시작돼. 빛과 어둠, 질서와 혼란, 생명과 파괴가 맞붙는 최후의 일전이 벌어지고 신과 거인 족 모두 다 멸망하고 말아. 하지만 멸망이 끝은 아냐. 훗날 더 풍요롭고 아름다운 세상이 올 거라는 미래를 예고하고 있으니까.

주연급 신

◆ 오딘은 그리스신화로 치면 제우스 최고 신이야. 어떤 모습으로도 형태를 바꿀 수 있지만 평소엔 애꾸 눈에 챙이 처진 모자를 쓴 노인의 모습이야. 결코 목표물을 빗나가지 않는 창 '궁니르' 가 오딘의 최고 무기지. 오딘은 거인 족의 두목 이미르와 싸워서 이겨 천지와 인간을 창조하고, 하늘에 신들이 사는 왕국 '아스가르드' 를 만들지. 오딘은 지혜를 얻기 위해서라면 한쪽 눈을 내어 줄 정도로 수단과 방법을 가리지 않아.

◆ 천둥의 신 토르는 신들 가운데 힘이 가장 세. 강력한 마법의 망치인 '묠니르' 와 쇠장갑, 마법의 허리띠를 가지고 있어서 싸울수록 힘이 더욱 강해져. 토르가 망치로 빙산을 부수면 얼음이 녹으면서 겨울이 끝나고 봄이 찾아올 정도라니 얼마나 힘이 센지 알만 하지? 단순하고 우직한 토르는 로키와 함께 여행을 떠나 여러 가지 모험을 하게 돼.

◆ 오딘과 의형제를 맺은 재주꾼이야. 땅과 바다에서도 달릴 수 있는 마법의 구두를 신고 다녀. 로키는 엄청난 거짓말쟁이에다 변덕쟁이고, 장난치는 것을 너무 좋아하는 말썽꾸러기이기도 해. 하지만 도가 지나쳐서 모두가 사랑하는 발드르를 죽인데다 신들을 욕하고 다녔기 때문에 결국 오딘이 로키와 그의 자식들에게 끔찍한 벌을 내리지. 로키는 나중에 신에 맞서 거인 족을 이끌고 세계 종말 전쟁인 '라그나뢰크'를 일으켜.

◆ 미와 사랑과 다산의 여신 프레이야는 북유럽의 비너스야. 프레이야의 미모에 반한 거인 족이 프레이야를 납치하려 할 때마다 토르와 로키가 프레이야를 구해. 프레이야는 오드라는 신과 결혼하지만 그는 곧 긴 여행을 떠나. 프레이야는 남편을 찾아 세계를 헤매지. 그때 흘린 눈물이 바위에 숨어 들어 순금이 되었다고 해. 그래서 금을 '프레이야의 눈물'이라고도 한단다.

난쟁이들의 보물 『니벨룽의 노래』는 우리나라의 단군 설화처럼 게르만 민족의 기원이 되는 설화지.

우선 니벨룽의 보물부터 설명할게. 오딘과 로키가 여행을 할 때야. 둘은 너무 배가 고파서 수달을 잡아먹고 한 오두막에 머물렀는데 집주인이 무지 화를 내는 거야. 알고 보니 로키가 잡은 수달은 집주인의 아들이 변신한 거였어. 신들이 보물로 변상하겠다고 하자 집주인은 수달의 가죽을 벗겨 '이 안을 황금으로 채우고, 다시 그 가죽을 덮을 만큼의 보물을 가져오라'고 말해.

로키는 보물을 찾기 위해 니벨룽 족이 사는 난쟁이 나라에 가지. 난쟁이 왕 안드바리에게서 엄청난 황금을 쏟아 내는 대신 주인을 불행하게 만드는 저주의 반지를 뺏어 와. 로키는 그 반지를 탐욕스러운 집주인에게 건네 주지.

반지의 저주 때문에 집주인은 자기 아들들과 싸우다 죽고 두 아들들은 자기들끼리 또다시 싸우게 되지. 마지막으로 남은 아들은 용으로 변해. 반지는 주인을 결국 피폐하게 만들고야 마는 탐욕을 상징하고 있어. 이 이야기 어디서 들어 본 것 같지? 그래, 돌킨의 『반지의 제왕』이

불사신이 된 지크프리트 왕자   네덜란드의 왕자 지크프리트는 니벨룽 족을 정복할 때 몸을 투명하게 만들어 주는 투구와 니벨룽의 보물을 얻게 돼. 그때 보물을 지키던 용을 죽이고 왕자는 용의 피로 목욕을 한 거야. 용의 피로 목욕을 하면 불사신의 몸이 되니까. 그렇지만 목욕할 때 등에 보리수 나뭇잎 한 장이 붙어 있는 바람에 거기에만 피가 묻지 않게 된단다.

두 쌍의 부부 탄생   지크프리트는 아름다운 크림힐트 공주에게 반해. 공주의 오빠인 군터 왕은 크림힐트와의 결혼 조건으로 이웃 나라의 여왕 브룬힐트와 싸울 때 자신을 도와 달라고 해. 군터 왕은 브룬힐트 여왕과 결혼하고 싶은데, 그녀는 자기를 이기는 남자에게 시집간다고 했거든.

지크프리트는 니벨룽의 보물을 이용해 몸을 숨기고 군터를 도와 승리로 이끌어. 아무것도 모르는 브룬힐트는 군터와 결혼하고, 지크프리트도 크림힐트 공주와 결혼해 두 쌍의 부부가 탄생하지.

지크프리트 왕자의 죽음   그런데 어느 날 크림힐트가 브룬힐트에게 사실을 말해 준 거야. 자존심이 강한 브룬힐트 여왕은 화가 나서

부하에게 지크프리트의 등에 창을 꽂게 해. 남편을 잃은 크림힐트는 반드시 브룬힐트에게 복수하겠노라고 다짐하지.

복수는 복수를 부르고 크림힐트는 훈족의 왕 에첼과 재혼해 13년이 흐른 뒤 군터 왕과 브룬힐트, 그리고 옛 신하를 초청해 모두 죽여 복수에 성공하지. 복수가 완성되는 순간, 자신도 늙은 장수의 칼을 맞게 되면서 기나긴 서사시는 비극으로 끝이 나.

훗날 리하르트 바그너는 이 서사시를 〈니벨룽의 반지〉라는 대형 악극으로 만들어. 총 4부로 구성된 이 악극은 나흘에 걸쳐 15시간이나 계속되는 것으로 유명하지.

# 화형장의 기적

감옥에 끌려갔다고 했는데 막상 달려가 보니 말숙이뿐 아니라 감옥에 마녀로 잡혀 갔던 여자들은 한 명도 보이지 않았다.

"여기 잡혀 있던 들창코 여자애 못 보셨어요?"

빈손이 물어물어 수소문을 해 보니 말숙이는 시장에서 장사를 하고 있다는 것이다. 시장에 가자 호떡집에 불이 난 것처럼 소란스러운 가게 하나가 눈에 띄었다. 수많은 사람들이 줄을 서서 기다리는 그 가게는 즉석에서 소시지를 구워 주는 곳이었다. 노빈손이 다가가니 어디서 많이 듣던 칼칼한 목소리가 들려왔다.

마마마알~쑤기쑤기 소시지, 둘이 먹다 넷이 죽어도 난 몰러~
자글자글 지글지글 구워 먹는 이 맛에 우리 집은 와글와글~
늦으면 다 떨어져, 떨어지면 못 먹어, 못 먹으면 슬퍼지는
마마마알~쑤기쑤기 소시지~
이리 오라면 이리 와~ 내 말 듣고 이리 와~
마마마알~쑤기쑤기 소시지!

'이 친숙한 허스키 보이스는?'

노빈손은 반가운 마음에 앞으로 뛰어나갔다.

"말숙아!"

"빈손아!"

손님을 부르던 말숙이가 남자 친구를 알아보고 크게 외쳤다. 두 사람은 소시지를 사러 온 사람들을 헤집고 감격적인 재회를 했다.

"어떻게 된 거야?"

"운이 좋았어. 근데 너 왜 이렇게 홀쭉해졌니? 얘기는 차차 하고 먹어. 내가 직접

호떡집에 불났다

호떡은 오랑캐 떡을 말한다. 청일전쟁 당시, 전쟁에 지고 고국으로 돌아가지 못한 중국 병사들이 생계를 해결하기 위해 조선인 입맛에 맞게 떡 안에 조청과 꿀을 넣어 팔았다. 1931년 중국 지린 만보산에서 일본의 술책으로 중국인과 사이에 유혈사태가 벌어졌다. 이때 우리나라에서는 중국인 배척 운동이 일어났는데 분개한 한국인들이 중국인의 가게, 즉 호떡집을 습격해 불을 질렀다. 그 후 소란스럽고 시끄러운 상황을 가리켜 '호떡집에 불났다'는 표현이 나온 것이다.

만든 거야."

말숙이는 자글자글 구워진 비엔나 소시지를 입에 쏙 넣어 주었
다. 말숙이가 떡볶이 외에 요리를 하는 것은 처음 있는 일이다. 그런
데 소시지의 맛은 두둥! 더욱 감동이었다. 역시 우리의 말숙이는 구
원의 왕자를 기다리지 않고 알아서 살아남는구나. 게다가 이 압도적
인 생활력을 보라.

"근데 이 누나들은 누구?"

"난 클라우디아 쉬퍼. 저쪽은 하이디 클룸이야."

아름답고 늘씬한 두 사람을 본 노빈손은 눈이 휘둥그레졌다.

"우아, 두 분 다 모델이세요?"

"모델이 뭐니? 우린 그냥 소시지 장사꾼이야."

두 누나들은 말숙이와 함께 '미녀 삼총
사'란 식당을 내고 바이에른식 소시지를 만
들어 파는 중이었다. 가게 천장에는 훈제한
다양한 소시지들이 줄줄이 걸려 있었다.

"…정말 아슬아슬한 순간이었어."

클라우디아와 하이디는 한수 비나이더에
게도 푸짐한 음식을 내놓았다. 그리고 두
사람이 식사를 하는 동안 지하 감옥을 탈출
한 이야기를 들려주었다.

패션계엔 독일계 출신의 모델이
많다. 그것은 게르만 족이 패션
계가 선호하는 신체적 특징을 갖
고 있기 때문이다. 훤칠한 키, 금
발 머리, 파란 눈, 몽롱하면서 환
상적인 분위기 말이다. 클라우디
아 쉬퍼와 하이디 클룸은 게르만
족의 아름다움을 특히 잘 드러낸
세계적인 패션모델들로 패션쇼,
잡지 모델, 영화·TV 출연 등을
통해 엄청난 부와 인기를 누려
왔다. 최근엔 선호하는 패션모델
의 외모가 훨씬 다양해졌다.

말숙이가 감옥에 온 지 이틀 만에 화형식 날짜가 잡혔다.

새로 온 마녀 용의자가 돈 한 푼 없는 빈털터리라는 것을 알아낸 간수들이 서둘러 형을 집행하기로 한 것이다.

'설마 내가 이렇게 허무하게 죽겠어? 그래, 빈손이가 구하러 올 거야. 꼭.'

말숙이는 끌려가면서도 희망을 버리지 않았다.

성 밖에는 죄수들의 수만큼 말뚝이 박혀 있었고 밑에 장작더미가 수북하게 쌓여 있었다. 끌려간 말숙이와 클라우디아, 하이디가 말뚝 위에 묶였다. 아래에는 클라우디아와 하이디가 만든 연고로 상처가 나은 사람들, 그냥 구경거리를 찾아 나온 사람들이 인산인해를 이루고 있었다.

이윽고 검은 옷을 입은 관리 한 명이 나와 재판 결과를 우렁차게 읽었다.

"저 여자들은 의심할 바 없는 마녀입니다. 악마에게 배운 술수로 이상한 연고를 만들고, 뱃사공을 홀려 강에서 사고가 나도록 만들었습니다. 존경받는 마을 원로인 베르타 할머니는 저 세 사람이 숲에서 열리는 집회에 가는 걸 똑똑히 봤다고 증언하셨습니다. 저들은 빗자루를 타고 하늘을 날아다니며……."

말숙이는 점점 화가 났다. 하늘을 난다니 새빨간 거짓말

아닌가! 그런데 그걸 본 증인이 있다니 기가 막히고 코가 막히는 일이다. 이 절체절명의 상황에 내 남자 친구는 어디서 뭘 하기에 코빼기도 보이지 않는단 말인가.

"불로써 죄를 정화시키기 위해 화형을 선고합……."

"놀고 있네!"

듣고 있던 말숙이가 고함을 빽 질렀다.

"시끄럽고, 이거 당장 풀어요. 나 집에 갈래요."

"저런 방자한 것이 있나!"

관리는 화를 내며 죄목이 적힌 두루마리를 내동댕이쳤다. 수많은 사람 앞에서 죄수가 이래라 저래라 하다니, 망신이라고 생각한 것이다. 그러곤 옆에서 지키고 있던 병사의 횃불을 빼앗았다.

"요망한 마녀야, 이 불이 널 정화시킬 것이다."

"우르릉 쾅!"

말숙이가 매달린 장작에 불을 붙이려는 순간, 하늘에서 대답이라도 하듯 천둥 소리가 무섭게 울려 퍼졌다.

"어?"

변덕스러운 독일 날씨가 갑자기 변한 것이다. 아침까지는 멀쩡하게 햇빛이 났는데 지금은 낮게 드리운 먹장구름이 밀려와 번개를 만들어 내고 있었다.

"동요하지 마라, 형은 예정대로 집행한다."

구경꾼들이 웅성대자 관리는 큰 소리로 불을 놓으라고 명령했다. 마침내 장작에 불이 붙자 구경꾼들 사이에서 "아!", "어떡해!" 같은 탄성이 나왔다.

"우이씨, 마녀 아니래도 그러네!"

그 순간 하늘에서 후두둑 빗방울이 떨어지더니 순식간

에 소나기가 되어 퍼붓기 시작했다. 이제 막 타오르려던 불씨가 꺼지면서 연기가 자욱하게 피어올랐다. 기침을 하던 사람들은 눈이 빨갛게 충혈되어 눈물을 흘렸다.

"기적이다!"

갑작스레 소나기가 내리자 사람들 중 일부가 원을 그리며 바싹 다가왔다. 관리가 몽둥이를 휘두르며 사람들을 몰아내려고 했다.

"비켜라, 이 마녀들은 반드시 심판을……."

"하늘이 도우시는 거다. 저들을 구하자!"

그때 클라우디아와 하이디 덕분에 자식을 넷이나 치료한 여인이 큰 소리로 군중을 선동하기 시작했다.

"여자들을 풀어 줘!"

구경삼아 나왔던 사람들은 죄다 비를 피해 사라지고, 이제 남아 있는 사람들은 모두 클라우디아와 하이디의 편이었다. 그 숫자가 적지 않자 몽둥이를 휘두르던 관리는 뒷걸음질 치기 시작했다.

마녀재판에서 살아난 세 사람은 사람의 심판이 아닌 하늘의 심판을 받았다는 여론 덕분에 무사히 풀려날 수 있었다. 미신이 강력하게 판치던 시대에 역으로 미신의 덕을 본 드문 일이었다.

“그런 줄도 모르고 보물을 챙겨 왔는데……."

이야기를 다 들은 노빈손은 보석 브로치를 꺼내 보였다.

“이걸로 널 구하려고 했거든."

“어머머머!"

찬란한 광채를 발하는 브로치를 보자 클라우디아와 하이디는 탄성을 질렀다. 그러곤 뜻밖의 말을 했다.

“너 말야, 이걸 팔아서 성을 사지 않을래? 싸게 나온 매물이 있는데."

클라우디아가 조심스레 제안을 했다. 소시지 매상에다 보석 브로치를 판 값을 더하면 작은 성 하나쯤은 살 수 있다는 것이다. 그 성에서 전쟁으로 고아가 된 아이들을 데려다 보살피는 게 그녀들의 오랜 꿈이라고 했다.

“두 분은 겉만 멋쟁이가 아니시군요."

그들의 사연을 들은 빈손이 깊은 감동을 받았다. 반면 지금까지 존재감 없이 노빈손 옆을 지키던 비나이더는 무척 역겨웠다.

‘우웩, 선행이라니, 토할 것 같아.'

모두가 한마음이 되어 성을 사는 일을 의논하고 있을 때 하이디가 자그마한 목소리로 제안했다.

“근데 너무 예쁘니까 딱 하루만 브로치를 하고 있다가 팔자."

동물 중에서도 인간의 법정에 선 불우한 녀석들이 있다. 기록에 남아 있는 최초의 동물 재판은 독일에서 864년 사람을 쏘아 죽인 벌의 둥지를 철거하도록 한 판결이다. 이웃 나라 프랑스에서는 보리 농사를 망친 생쥐에게 ‘퇴거 명령'을 내렸으며 고양이로부터 보호받도록 ‘안전통행증'까지 발부했다. 물론 생쥐는 판결에 고분고분 따르지 않고 달아나 버렸다. 동물 재판은 전 세계적으로도 종종 있었는데, 우리나라에서도 조선 태종 때 사람을 밟아 죽인 코끼리를 섬으로 귀양 보낸 판례가 있다.

“내가 먼저 해 볼래!”

“언니, 내가 먼저 찜했거든!”

뭔가, 헤아릴 수 없는 허영과 봉사 정신이 묘하게 오고가는 두 여
자였다.

 30년 전쟁의 한복판에서

몇 주 후 노빈손은 클라우디아와 하이디의 말대로 목걸이를 팔아
성을 샀다. 말이 성이지 조금 큰 저택에 불과했지만 성의 주인이 된
노빈손은 뿌듯했다.

담쟁이 넝쿨이 휘감은 성은 노이슈반슈타인 성처럼 크고 아름답
지는 않지만, 언제나 먹을 것이 넘쳤다. 고아가 된 열두 명의 꼬마들
은 클라우디아와 하이디의 보살핌을 받으며 자라고 있었고 가끔씩
소시지 바비큐 파티가 열렸다.

다들 들떠 있었지만 유독 한 사람만은 웃지 않았다. 한수 비나이
더는 현실에 만족하는 노빈손이 못마땅했기 때문이다. 비나이더는
노빈손의 소소한 행복이 언제쯤이면 깨질까 초조하기만 했다.

세 번째 바비큐 파티가 있던 날, 노빈손은 그날따라 유독 심한 연
기 때문에 자꾸 기침을 했다.

“켁켁. 오늘따라 눈이 왜 이렇게 맵지.”

“그러게요. 연기가 유난히 많이 나네요.”

비나이더 역시 눈을 비비며 기침을 했다. 모여 있는 아이들과 여자들도 마찬가지였다. 잠시 후 앞이 보이지 않을 정도로 연기가 짙어지자 데빌폰에서 요란한 사이렌 소리가 나왔다.

"전쟁, 전쟁이에요! 좌측 전방에 대포가 있어요!"

"오잉? 그게 무슨 소리야."

그때 커다란 대포 알 하나가 노빈손의 머리 위를 슝 날아 성벽에 박혔다.

쾅!

"엄마야."

대포 알에 맞은 벽이 우르르 무너지자 사방은 순식간에 만신창이가 되고 말았다.

"다들 엎드려. 무슨 일인지 알아보고 올게!"

와락 울음을 터뜨린 아이들을 대피시킨 후 어른들은 얼른 밖을 살펴보았다. 놀랍게도 무장한 병사들이 구름같이 밀려오고 있었다. 데빌폰은 사이렌 소리를 그치고 속사포 같은 말을 쏘아 대기 시작했다.

"30년 전쟁. 부패한 가톨릭 교회에 반기를 든 마르틴 루터가 종교개혁을 일으킨 후 유럽의 기독교는 구교도와 신교도로 나누어져 전쟁을 벌이고 있음. 스웨덴의 구스타프 아돌프, 일명 '눈의 왕'이라고 불리는 신교도군이 맹렬하게 독일에 쳐들어온 상태. 그에 맞서 구교도를 받드는 독일의 황제 군대가 싸우는 상황. 황제군의 장수는 '어둠의 군주'라 불리는 체코 출신의 발렌슈타인 장군으로……."

"지금 그게 중요한 게 아니라, 어떻게 빠져나가느냐가 문제라고!"

데빌폰이 백과사전 같은 말을 쏟아내는 순간에도 대포알이 계속 날아오고 있었다.

그때 가까운 곳에서 뿔나팔 소리가 커다랗게 들려왔다. 성의 앞쪽을 내려다보던 클라우디아가 외쳤다.

"큰일 났어! 구교도 군사들이 까맣게 몰려와 있어."

이어서 성의 뒤쪽을 보던 하이디도 소리쳤다.

"여기도 마찬가지야. 신교도 군사들이 잔뜩 있어."

노빈손의 작은 성은 하필이면 신·구교도 간의 전쟁 한복판에 놓인 것이다. 비나이더는 생각지도 않은 상황에 깜짝 놀랐다.

'오잉? 이게 어떻게 된 일이지? 전쟁 같은 고급 능력은 나한테 없는데. 저절로 전쟁이 터지다니, 이거 잘된 거 맞겠지?'

비나이더까지 포함해 모두들 우왕좌왕하는 가운데 노빈손은 일단 성의 대표로서 위로 올라가 보았다. 과연 양쪽으로 군사들이 몰려와 있었다. 노빈손의 모습이 보이자 구교도의 장수가 큰 소리로 외쳤다.

"들거라, 난 모라비아의 귀족, 알프레히트 오제비우스 벤제클라우스 폰 발렌슈타인이다. 넌 누구냐?"

"무슨 이름이 그리 길대요!"

노빈손은 일단 시간을 벌 요량으로 말꼬리를 돌렸다. 그러나 상대는 호락호락하지 않았다.

"허튼 수작 하지 말고 빨리 항복해라!"

빈손은 대답을 하지 않고 뒤를 돌아 신교도 쪽으로 고개를 돌렸다. 그쪽에서도 우렁찬 고함 소리가 들렸다.

"눈의 왕, 구스타프 아돌프의 명령이다. 성문을 열어라. 안 그러면 쏜다!"

"자, 잠깐만요!"

그러자 양쪽에서 동시에 같은 고함 소리가 터져 나왔다.

"넌 신교도냐, 구교도냐. 정체를 밝혀라!"

양쪽 장수들이 동시에 외쳤다. 보아하니 이런 작은 성쯤이야 단방에 무너뜨릴 수 있지만 그 뒤에 있는 적을 의식해서 탐색전을 펼치는 중이었다.

노빈손은 세 치 혀로 위험을 물리친 수많은 외교관들을 생각하며 이 위기를 벗어날 방법을 떠올렸다.

'바로 그거야, 스위스처럼 중립을 선언하는 거야.'

재차 장수들의 목소리가 들려왔다.

"다시 한 번 묻는다. 넌 어느 편이냐?"

"전 무교라고요. 무교! 중립이에요."

"그래? 발사!"

말이 떨어지자마자 양쪽에서 대포 알이 휙휙 날아오기 시작했다. 대포 알 하나가 빈손의 머리카락을 스치고 지나가 한쪽 벽을 완전히 무너뜨렸다.

"어라, 이게 아닌데."

중립은 아무나 선언한다고 인정받는 것이 아니었다. 이도저도 아닌 자는 적이라 간주하고 양쪽에서 동시에 공격을 한 것이다. 이대로라면 어느 쪽이든 노빈손의 성은 금방이라도 함락될 것이다.

"우왕~ 우와와왕~."

앞에서 날아온 대포에 성문이 뻥 뚫렸다. 노빈손은 재빨리 하얀 천을 기다란 장대에 매달아 두 손을 들고 앞장섰다.

"항복, 항복! 거참 성격도 급하시네."

노빈손이 자청해서 항복하자 한수 비나이더는 화들짝 놀랐다. 빈손이 포로가 되면 자신의 계획은 완전히 무너지고 만다. 한수 비나이더는 얼른 데빌폰을 꺼내 순간이동 버튼을 눌렀다. 목적지 검색창에 독일을 친 후 쾰른 도시를 선택했다.

무지개색으로 빛나는 원이 나타나자 노빈손과 말숙이를 다짜고짜 밀어 넣었다. 그리고 비나이더가 뒤따라 뛰어들려는 찰나, 뒤에서 종탑이 우르르 무너져 내렸다. 지축을 뒤흔드는 울림에 비나이더 손에 들린 데빌폰이 떨어져 원 안으로 빨려 들어갔다.

"안 돼! 내 데빌폰이!"

한수 비나이더가 절규하는 사이 작아진 원은 자취를 감췄다.

가톨릭에서는 죄를 지으면 고해성사를 통해 참회하고 그러고도 남는 벌은 기도를 열심히 하거나 좋은 일을 해서 갚으라고 권한다. 그러나 중세 말기에 거대한 성당을 건설하기 위해 많은 돈이 필요해지자 가톨릭(구교도)에서는 남는 벌을 헌금을 통해 갚으라고 권했다. 즉, 헌금을 하면 벌을 면하게 해 주는 면벌부를 발행했다. 그러나 부자들은 나쁜 짓을 실컷 저질러 놓고 헌금으로 용서를 받는가 하면 면벌부 판매로 거둬들인 돈은 부패한 신부나 주교의 주머니로 들어가기도 하는 등 부패가 많이 일어났다.

안녕 애들아, 난 아리땁기 그지없는 노빈손의 여자 친구, 말숙이야. 호호호~.

독일에 와서 다이어트에 완전히 실패했어. 음식이 엄청 맛있는 거 있지. 여기 사람들이 매일 먹는 요리는 감자랑 호밀빵, 유명한 독일 소시지와 맥주야. 이제부터 하나씩 시식해 보자고. 쓰읍~ 생각만 해도 군침이 꼴깍꼴깍 넘어가네.

● 구수한 호밀빵

독일 음식 하면 소시지와 맥주만 떠올리는데, 사실 여기서 먹어 본 것 중에 정말 맛있었던 것은 빵이야. 특히 호밀빵은 냄새가 아주 구수한데다 씹는 맛이 일품이지. 빵 반죽에 천연 효모를 넣어 오래 숙성시키고 약한 불에 구워서 만드는데 아무리 먹어도 질리지가 않더라고. 또 크리스마스에 많이 먹는

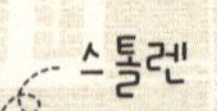

'스톨렌' 이란 빵에는 땅콩과 절인 과일이 잔뜩 들어가서 맛도 좋고 영양도 만점이야.

● 밥상에 빠지지 않는 감자

독일 사람들은 감자를 무지 많이 먹어. 감자로 별별 요리를 다 만드는데 크게 보면 감자전과 감자 경단 같은 거라고 할 수 있지.

특히 감자 경단은 독일을 대표하는 음식 중의 하나인 '사우어브라텐' 과 함께 먹어. 이건 나흘간 포도주에 담갔다가 약한 불로 익혀 낸 소고기 요리인데 감자랑 같이 먹으면 맛이 찰떡궁합이야.

● 뽀독뽀독 소시지

어떻게 질리지도 않고 매일 소시지를 먹을 수 있냐고? 질릴 수가 없지. 종류만도 1,500가지가 훌쩍 넘는걸! 독일 소시지는 만드는 과정에 따라 세 가지로 나뉘어져.

브뤼부르스트　증기에 익히거나 튀기고 훈제해 만든 소시지야. 우리가 아는 비엔나 소시지도

여기에 속하지. 종류만도 750가지나 된다고.

<u>코흐부르스트</u>　이건 독일식 아바이 순대라고
할까. 고기와 피, 내장으로 속을 채운 다음 한 번
더 익힌 소시지야.

<u>로부르스트</u>　피자 위에 동그란 살라미 소시지
본 적 있지? 그게 로부르스트야. 생고기와 지방
을 잘게 썰어서 소금을 뿌린 다음 천천히 건조
시키고 숙성시켜서 만들지.

● 간이 음식 서비스

독일에 와서 간편하게 소시
지 요리를 먹고 싶으면 '임비스'
에 들르면 돼. 길거리에서 흔히
볼 수 있는 간이 음식점인데 패스
트푸드점처럼 음식이 빨리 나와.
먹기 좋게 소시지를 빵에 끼워 주
거나 감자튀김과 소시지를 같이

주는데 저렴한 가격에 독일 소시지의 풍미를 한껏 맛볼 수 있지. 주문
하면 종업원이 껍질이 있는 것과 없는 것 중에 어떤 걸 고르겠냐고 물
어볼 수도 있어. 난 껍질 있는 소시지를 추천하고 싶어. 이빨로 한 입

깨물었을 때 탁 터지면서 씹히는 소시지 껍질 맛이란! 이래서 내가 다이어트를 못 한다니까.

● 물 대신 맥주

독일 어른들은 물 대신 맥주를 마신다고 해도 과언이 아냐. 꼭 술을 좋아해서가 아니라 석회암이 섞인 물 맛이 영 좋지 않아서 그런 거래. 독일인 한 명이 연간 150리터의 맥주를 먹는다고 하니 장난 아니지? 웬만한 마을마다 맥주 양조장이 따로 있어서 맥주 종류가 6,000가지가 넘는대. 그래서 독일에서는 맥주를 종류별로 하루에 하나씩 먹어 보려면 16년이 넘게 걸린다는 말이 있어.

● 맥주 순수령

맥주를 '순수하게' 만들어야 한다는 법이야. 1516년에 빌헬름 4세는 '맥주는 대맥과 호프, 물만으로 만들어야 한다. 이건 국왕의 명령이다!' 라고 지시했지. 그 당시에 불순한 첨가제를 탄 맥주 상인들이 재미를 보자 왕이 그들을 다 몰아내고 맥주의 품질을 지키려 한 거야. 지금도 이것에 효모만 넣어 맥주를 만들지. 그때부터 독일 맥주는 품질이 좋기로 명성이 자자해.

● 맥주를 마시는 잔, 비어크룩

우리나라에서는 맥주를 유리잔에만 담아 먹지만 독일에서는 안 그래. 도자기, 주석, 유리로 만든 잔에 따라 마셔. 크기도 0.5리터부터 5리터까지 다양하고 모양도 뚜껑 달린 것, 가늘고 길쭉한 것 등등 각양각색이야. 맥주 종류가 많아서 그런지 맥주에 어울리는 잔의 종류도 여러 가지야.

● 엄마들의 꿈, 독일 냄비와 칼

독일 부엌에서 가장 빛나는 것은 사실 요리가 아니라 주방용품이야. 세계적으로 인기 있는 주방용품 회사는 주로 독일에 있는데 휘슬러, 실리트, WMF 냄비는 전 세계의 엄마들이 갖고 싶어 하는 꿈의 냄비지. 휘슬러 압력밥솥은 우리나라에서도 인기가 많아. 여기서 퀴즈! 밥을 안 먹는 독일인들이 왜 압력밥솥을 만들었을까? 정답은 밥처럼 먹는 감자를 찌기 위해서래.

독일에 다녀오는 사람들이 선물로 가장 많이 사오는 물건은 일명 '쌍둥이 칼'로 알려진 헹켈 사의 칼 세트야.

2

현자의 지혜

 # 아, 아, 아르바이트

"쿵!"

요란한 소리를 내며 공중에서 두 사람이 차례로 떨어졌다. 처음에는 노빈손이, 그 위로 말숙이가 떨어진 것이다.

"에구구구구……."

떨어진 노빈손의 엉덩이 밑에서 가냘픈 신음소리가 들려왔다.

노빈손이 엉덩이 한쪽을 슬며시 들어 보니 비나이더가 들고 다니던 데빌폰이었다.

"니 주인은?"

"으으윽, 저도 몰라요."

"잘됐구먼. 녀석이 없을 때 우릴 돌려보내 줘! 노씨 집안의 귀한 아들인 난 얼른 돌아가야 한다고."

"그건 비나이더 님만 할 수 있는 일이에요. 저기, 제 얼굴 액정 깨지기 일보 직전이거든요. 냄새나는 엉덩이 좀 치워 주실래요?"

무안해진 빈손은 말숙이에게 말머리를 돌렸다.

"그래도 우리 두 사람이 떨어지지 않은 건 다행이다. 그치?"

"하지만 배도 고프고 당장 잘 곳도 없고."

"……."

설상가상으로 비까지 내리자 두 사람은 커다란 건물 아래로 뛰어들어갔다. 비 때문에 으슬으슬, 사건 때문에 아슬아슬한 독일에서

비를 피하고 있자니 따끈한 오뎅 국물 생각이 절로 났다.

이윽고 빗줄기가 가늘어지자 두 사람은 지금껏 비를 피한 건물 밖으로 나왔다.

"여긴 공사장인가 봐."

주위를 둘러보던 말숙이가 조그맣게 속삭였다. 말숙이 말대로 족히 수십 미터는 되어 보이는 건물이 지어지는 중이었다. 갑자기 데빌폰의 또라또랑한 목소리가 들려왔다.

"고딕 건축의 걸작, 쾰른 대성당. 하얀 조면암으로 지어졌음. 장 높은 탑의 높이는 157m. 건축 기간 총 632년. 아직 지어지고 있지요."

"그래그래, 너 잘났다."

노빈손은 데빌폰이 아는 것을 말하지 않고는 정말 못 배기는 녀석이라고 생각했다.

"할 수 없다, 말숙아. 일단 일자리부터 알아봐야겠어. 난 여기서 일할 게 없나 알아볼게. 너도 일자리를 구해 봐."

"손에 물 한 번 묻히지 않고 살아온 내가 일은 무슨 일을 한단 말이니?"

"한수 비나이더를 찾을 때까지만이야. 너 소시지 가게도 차려 봤잖아."

말숙이는 잠깐 할 말을 잃었다가 어깨를 으쓱하며 이렇게 말했다.

“하긴 난 소시지 만드는 기술을 익혔으니까 너보다는 쉽게 취직
할 수 있을 거야. 이래 봬도 경력직 아니겠어?”

노빈손은 의기양양해진 말숙이에게 맞장구쳤다.

“그러엄~. 자고로 사람은 기술이 있어야 하는 법! 한수 비나이더
를 찾을 때까지만 일하자고.”

첨탑 쌓기의 달인

비가 그친 후 말숙이와 노빈손은 저녁에 만나기로 하고 헤어졌
다. 시장으로 내려가는 말숙이를 배웅하고 나서 노빈손은 맘을 굳게
먹고 공사장으로 발걸음을 옮겼다.

가까이서 본 쾰른 대성당은 살아 숨 쉬는 괴물 같았다. 복잡하고
정교한 조각이 새겨진 건물은 하늘을 뚫을 듯한 기세로 높이 올라가
고 있었다. 고층 빌딩이 없는 시대라서 그런지 성당 꼭대기를 쳐다
보자 눈이 뱅글뱅글 돌 지경이었다.

“저기요, 여기 일할 사람 안 뽑나요?”

노빈손은 감독관으로 보이는 사람에게 다가가 조심스럽게 물었
다. 그때 이 층 높이에서 일하던 인부 한 명이 발을 헛디뎌 바닥으로
떨어졌다. 그 모습을 본 감독관이 빈손을 쳐다보며 말했다.

“방금 한 자리 생겼구먼. 첨탑 뒤쪽으로 가 봐.”

이렇게 해서 얻은 쾰른 대성당 건축 일은 독일에서 시작한 노빈

손의 첫 번째 아르바이트였다. 데빌폰은 '아르바이트(Arbeit)'란 말은 원래 독일어에서 온 말이라는 등 잘난 척을 시작했지만 노빈손은 긴장이 되어 귓등으로 흘려들었다. 빈손이 첨탑 쪽으로 올라가자 한 남자가 돌덩이를 잔뜩 쌓은 지게를 가리키며 호령을 했다.

"어이, 신참. 이거 지고 올라가."

돌들은 척 보기에도 엄청 무거워 보였다. 지게를 양 어깨에 메자 다리가 후들후들 떨려 왔다. 노빈손은 계단을 올라가기 전에 의미 없는 질문을 던졌다.

"엘리베이터는 없나요?"

당연히 그런 게 있을 리 없다. 빈손은 이를 꽉 물고 한 걸음 한 걸음 첨탑을 올라갔다. 임시로 만들어진 계단을 올라가는 동안 땀을 한 바가지, 아니 한 양동이는 쏟았을 것이다.

꼭대기 부분에 도착한 노빈손이 돌들을 풀어 놓자 호리호리한 몸집의 인부가 물병을 건네며 알은체를 했다.

"수고했다. 처음 보는 얼굴인데 누구니?"

"오늘 온 노빈손이에요."

노빈손은 벌컥벌컥 물을 마셨다. 물에선 특이한 향이 났는데 맡고 있자니 기분이 상쾌해졌다.

"난 게르하르트 햇더만이라고 한다."

햇더만 아저씨는 인사를 건네고 다시 탑 위로 올라갔다. 일하는 모습을 보니 햇더만 아저씨는 첨탑 쌓기의 달인이었다. ‘게르하르트가 돌 여섯 개를 동시에 짚더만’, ‘게르하르트르가 천장 조각을 붙였더만’, ‘게르하르트가 종탑 줄을 처리했더만’ 등등 그가 하는 모든 일은 사람들 입에 오르내렸다.

뿐만 아니라 아저씨는 온갖 연장과 도구들도 꼼꼼하게 점검하고 실용적인 기능을 추가해 새로 만드는 데 일가견이 있었다. ‘이 도르래는 이래서 불편하니 크기를 바꿔야겠군’, ‘요 연장에는 손잡이가 달려 있었으면 좋겠군’ 하며 끊임없이 도구를 손질해 일의 능률을 올리고 있던 것이다.

‘정말 독일인다운 사람이네. 꼼꼼하고, 철저하고.’

노빈손은 함께 일하면서 아저씨의 성품에 감탄을 금치 못했다. 아저씨뿐 아니라 인부들 대부분이 완벽한 공정을 좋아해서 일을 더디게 하더라도 두 번 다시 손이 가지 않게 하는 습관이 몸에 배어 있었다. 쾰른 대성당을 지으면서 노빈손이 한 번도 듣지 못한 말이 하나 있었으니 바로 ‘대충대충’이란 말이었다.

“내 사전에 대충대충이란 없다. 세상이 두 쪽 나도 대충 일하는 건 안 되는 거야. 돌은 한 치 오차도 없이 상하좌우 반듯하게, 쓰고 난 연장은 항상 가지런하게 정돈해 둬라.”

“예, 아저씨.”

제아무리 얼렁뚱땅을 좋아하는 노빈손이라고 해도 이런 분위기에서는 열심히 일하지 않을 수 없었다. 그러다 보니 노빈손의 팔에

는 어느새 알통이 솟고 장딴지며 다리도 딴딴해졌다. 빈손은 틈만
나면 거울에 자기 모습을 비춰 보며 스스로 눈을 떼지 못했다.

'이러다 나 식스팩 생기는 거 아냐? 복근 왕자 노빈손, 크~.'

 ## 괴력의 검지로 사람을 구하다

그렇게 공사장에서 일한 지도 어느덧 한 달이 흘렀다. 꾸준히 쌓
은 탑은 차츰 형태를 갖춰 갔다.

시간이 갈수록 점점 더 고난이도의 기술이 필요했다. 탑의 꼭대
기까지 쌓은 지지대에 올라가 곡예를 하듯 돌을 한 장 한 장 쌓아야
했기 때문이다. 물론 가장 위험하고 어려운 일은 현장의 책임자이자
달인인 햇더만 아저씨의 몫이었다.

"진짜 대단하세요."

노빈손은 햇더만이 일하는 모습을 보며
연신 감탄했다.

옆에 나무로 된 지지대가 있기는 하지만,
꼭대기로 갈수록 발을 디딜 공간이 점점 좁
아졌다. 바람이 불 때마다 햇더만의 마른
몸이 위태롭게 휘청거렸다.

"오늘은 느낌이 안 좋은데."

바람이 강하게 불자 아래에서 지켜보던

정확성에 있어서 세계에서 둘째
가라면 서러운 사람들이 독일인
이다. 버스 정류장에는 몇 분 후
버스가 도착한다는 안내판이 세
워져 있다. 그런데 정말로 제시간
에 딱딱 맞춰서 오기 때문에 유
학생들은 깜짝 놀란다고 한다. 버
스가 이럴 정도니 일상에서의 시
간 맞추기는 오죽하겠는가. 독일
인들은 약속시간에 늦는 것을 가
장 무례한 일 중 하나로 꼽는다.

사람들은 간을 졸이며 햇더만의 작업을 지켜보았다. 그러나 자기가 맡은 바를 확실히 해내는 햇더만은 내려올 생각을 하지 않았다. 급기야 전체를 감독하는 관리가 나와 작업을 끝내라는 지시를 내렸다.

"그만해요!"

사람들이 소리를 질렀지만 높은 곳에 있는 햇더만에게는 들리지 않는 눈치였다. 멈추지 않고 계속 일하던 햇더만은 몇 번이나 바람에 몸이 휘청거렸다.

"안 되겠어요. 제가 올라가서 말하겠어요."

"괜찮겠어?"

"그럼요."

노빈손은 그간 다져진 알통을 불끈 만들어 보이곤 첨탑의 지지대로 올라가기 시작했다. 반쯤 올라간 노빈손이 큰 목소리로 외쳤다.

"햇더만 아저씨, 이제 그만 내려오세요."

"뭐라고? 잘 안 들려ㅡ."

햇더만의 주의력이 잠시 흐트러져 있을 때, 지금까지보다 훨씬 센 강풍이 불어왔다. 종이인형처럼 흔들대던 햇더만의 몸은 앗, 하는 사이에 아래로 곤두박질쳤다.

"우당탕탕."

"으악!"

햇더만이 떨어지면서 나무 지지대의 일부가 와르르 무너졌다.

"저걸 어째."

사람들은 달인이 사고를 당하는 끔찍한 장면을 차마 쳐다볼 수가 없어 눈을 감고 소리를 질렀다.

그러나 햇더만은 떨어지지 않았다. 노빈손이 그를 붙잡은 것이다.

"오오……."

노빈손의 왼쪽 검지에 햇더만의 허리띠가 걸려 있었다. 반으로 구부린 아저씨의 몸은 여전히 위태로워 보였지만

곧 중심을 잡고 비죽 튀어나온 지지대의 다른 쪽에 발을 디뎠다. 두 사람이 안전한 곳으로 이동하자 아래에서 쳐다보던 사람들은 환호성을 질렀다.

"손가락 하나로 사람을 살리다니."

"정말 괴력이다."

하지만 누구보다 놀란 사람은 바로 노빈손 자신이었다. 탑 중간에 있던 빈손은 추락하는 아저씨를 향해 반사적으로 손을 뻗었다. 그런데 손가락에서 괴력이 솟아나 아저씨를 붙든 것이다.

"짝짝짝짝, 브라보~ 노빈손 님."

데빌폰이 흥분한 듯 주머니에서 박수 소리를 냈다.

"어떻게 된 거야? 내가 한 일인데 나도 모르겠어."

"비나이더 님이 그러셨죠. '용의 피가 들어간 호수에 몸을 담그면 천하장사가 되고 죽지도 않는다.' 호수에 손가락을 담가서 그런 거예요. 아쉽네요. 양손 다 집어넣었으면 더 좋았을 텐데."

데빌폰이 종알거리자 그제야 한 장면이 떠올랐다. 용을 잡는 모험을 할 때, 결국 노빈손은 목욕을 하진 않았다. 물이 얼마나 뜨거운지 보려고 왼쪽 두 번째 손가락만 넣었다 뺐을 뿐이다. 그 결과 놀라운 기적을 만들어 낸 것이다.

'맙소사, 난 이 손가락 하나는 천하제일

이야.'

"만세, 노빈손 만세!"

무사히 땅으로 내려오자 공사장 인부들이 우르르 몰려들어 노빈손을 하늘로 헹가래쳤다. 마치 월드컵 결승골을 넣은 선수를 축하하는 것처럼.

"고맙다. 넌 생명의 은인이야."

약간의 타박상만 입었을 뿐 멀쩡하게 내려온 햇더만이 노빈손을 꽉 껴안아 주었다.

그날 이후 노빈손은 쾰른 공사장의 스타가 됐다. 최고의 달인을 구했을 뿐더러 뒤늦게 눈뜬 검지의 위력을 살려 고난이도의 작업을 척척 해냈기 때문이다.

마침내 북쪽 탑이 완공되었다. 성당을 짓다가 전쟁이 나면 중단하고, 그러다 다시 짓기를 수백 년, 쾰른 시민의 땀과 노력으로 대공사에 성공한 것이다. 성당이 완공되자 도시에서는 대대적인 축제가 벌어졌다.

햇더만은 첨탑을 지은 인부들과 더불어 성당을 둘러보았다. 이런 대 공사가 자기들 손에서 완공되었다는 감격을 함께 나누기 위해서였다.

'이 성당 하나를 짓기 위해 얼마나 많은

길을 물어볼 때 세상에서 가장 친절한 사람이 독일 사람들이다. 가고자 하는 길을 차근차근 알려 주고 확실히 기억하는지 한 번 더 반복할뿐더러 가르쳐 준 대로 잘 가고 있는지 뒤에서 살펴보기까지 한다. 제대로 가지 않으면 쫓아와서 가르쳐 줄 때도 있을 정도다. 매사 꼼꼼하고 철두철미한 독일인의 국민성이 잘 드러나는 대목이다.

사람들이 땀을 흘린 거냐구…….'

노빈손은 후련함과 더불어 왠지 모를 허탈함을 느끼며 함께 일한 인부들과 대성당을 천천히 둘러보았다.

서쪽으로 열린 정문을 지나 빈손은 남쪽 탑으로 가기 위해 500여 개의 계단을 올라갔다. 10톤이 넘는 큰 종이 달려 있는 남쪽 탑에는 그 외에도 크고 작은 여러 개의 종들이 달려 있었다.

"종소리다. 종이 노래하고 있어."

"아……."

각기 다른 소리를 내는 종들이 동시에 울리자 노빈손과 인부들은 벅찬 감격의 눈물을 흘렸다.

"정말 아름답네요."

"그렇지? 마치 탑 전체가 우리를 위해 노래해 주는 것 같아."

"우리 말고도 수많은 인부들이 있었잖아."

"다들 수고했다고 말하는 것 같군."

수백 년에 걸쳐 돌 하나하나, 장식 하나하나를 만들어 낸 사람들의 땀과 노력이 있었기 때문에 이런 걸작이 나온 것이다. 이름을 남기지 않은 예술가와 노동자들이 모여 대대손손 남을 건물을 지은 것이다. 이 고딕 건축의 걸작은 그런 사실을 스스로도 잘 알고 있다는 듯 아름다운 종들의 노래를 들려주고 있었다.

광장에는 대성당 축성식이 열렸다. 밤하늘에는 축포가 펑펑 터지고 마련된 음식과 맥주가 여기저기 흘러넘치고 있었다. 쾰른 시민들은 모두 하나가 되어 불꽃 놀이를 감상했다.

밤하늘을 수놓은 불꽃을 보면서 인부들은 주석으로 된 잔에 거품이 철철 넘치도록 맥주를 따랐다. 햇더만이 일어나서 건배를 제의했다.

"자, 마시자! 오늘을 영원히 기념하기 위해!"

"오늘을 위하여!"

"건배!"

노빈손은 그동안 정이 든 사람들과 헤어질 생각을 하니 아쉬움이 밀려왔다. 하지만 내일의 작별을 잊기 위해서라도 오늘은 마음껏 즐겨야 했다.

"햇더만 아저씨, 그동안 정말 고마웠어요."

"내가 할 소리다. 노빈손, 정말 수고했다."

두 사람은 굳게 악수를 하며 석별의 정을 나눴다.

일자리가 없어진 빈손은 말숙이의 소시지 가게에서 잡일을 도우며 지냈다. 말숙이의 가게는 신제품 소시지를 출시하고 한창 바쁜 중이라 노빈손을 받아 주었다. 그렇게 손님을 맞으며 하루하루를 보내던 어느 날, 노빈손의 뒷주머니에서 데빌폰이 진동을 했다.

"왜, 할 말 있어?"

“비나이더 님의 신호가 감지됐습니다.”

데빌폰은 감격에 찬 목소리로 부르르 떨며 말했다.

“오스트리아의 빈이에요. 주인님은 분명 그 쪽 어디에 계세요.”

노빈손은 말숙이를 불러 이 사실을 알려 주었다.

“집으로 돌아가려면 비나이더를 찾아야 해. 우리가 이렇게 된 건 그 녀석의 짓이 틀림없어.”

“네 말이 맞아. 사장님한테 말하고 내일 떠나자.”

“그런데 오스트리아로 가려면 비자를 받고 국경을 넘어야 하나?”

노빈손이 고개를 갸웃거리자 데빌폰이 참지 못하고 끼어들었다.

“이런 측정불가능한 낮은 상식의 소유자 같으니! 지금 시대에는 독일과 오스트리아가 다 같은 한 나라라고요. 독일이 지금의 영토가 된 건 2차 대전 이후로 그 전까지는 프로이센 제국이, 그 전에는 신성로마제국이, 그 전에는…….”

“알았어. 가면 될 거 아냐.”

이리하여 노빈손과 말숙이는 정든 쾰른을 떠나 오스트리아로 향했다.

맞기도 하고 아니기도 하다. 두 나라 모두 중세 신성로마제국의 모태였던 동프랑크(현재의 독일)에서 파생된 국가들이다. 오랫동안 이 지역은 여러 개의 나라들로 쪼개져 있었는데, 그 중 오스트리아와 프로이센 왕국이 오스트리아와 독일이 된다. 훗날 독일에서 프로이센 왕국의 힘이 세져 모든 독일을 통일했으나 오스트리아만은 독립적인 국가를 유지한다.

한국 사람들이 정이 많고 이탈리아 사람들이 호탕한 것처럼 우리 독일 사람들도 나름의 특징이 있어. 우스갯소리로 독일 사람들에겐 그들만의 SOS가 있다고 해. Sicherheit(안전), Ordnung(질서), Sauberkeit(청결)이 그것이지. 우직한 농부의 품성이 그대로 남아 있는 독일 사람들을 조금 더 가까이서 보여 줄게.

첫 번째 특징, '완벽주의자'

독일 사람들에게 '대충대충'이라는 건 없어. 뭐든 완벽하게 해야 직성이 풀리는 사람들이라고 할까. 질서 지키기, 정리정돈, 시간 엄수를 어릴 때부터 철저히 교육받아서 온몸에 배어 있거든. 무엇 하나를 해도 더 손볼 곳이 없을 때까지 계속 매달리는 게 특징이지. '좋군, 이만하면 됐어. 오케이.' 이런 뜻으로 쓰는 독일 말이 '알레스 인 오르트눙'이야. 한국 말로 풀어 쓰면 '모든 것이 질서정연하다'라는 말이니, 이만하면 알 만하지?

독일이 세계 최고의 기술력을 자랑하는 국가가 된 것도 이런 국민성 때문이 아닐까 싶어.

두 번째 특징, '열심히 일한 당신, 떠나라!'

독일 사람들은 일하는 시간에는 정말 열심히 일해. 대신 철저하게 휴가를 즐겨. 각종 공휴일에 정기휴가까지 합하면 무려 13주나 쉰다는 통계가 있더군. 물론 공휴일을 제외한 유급 휴가는 1년에 5~6주 정도지만 직장인 모두가 한 달이 훌쩍 넘는 휴가를 즐기니 다른 나라에 비하면 꽤 긴 편이지. 독일

에는 바다가 없기 때문에 휴가철에는 너나 할 것 없이 바다를 찾아 긴 여행을 떠나.

세 번째 특징, '깔끔쟁이들'

독일 마트에서 가장 인기가 있는 물건 중 하나가 세제야. 세탁 세제, 주방 세제는 수십 가지 종류가 있지. 예를 들어 얼룩을 지우는 세제를 찾아보면 과일, 잼, 잉크, 곰팡이, 촛농, 풀, 초콜릿, 우유, 녹, 유성사인펜, 껌, 케첩 등 구분해서 나와 있을 정도야. 마트에서도 가장 좋은 자리에 진열되어 있지. 세제가 인기가 많다는 건 청소를 열심히 한다는 뜻이 아니겠어? 먼지 하나 없이 반들반들하게 닦아 놓은 유리창, 깨끗한 부엌만 봐도 독일인이 얼마나 깔끔한지 실감할 수 있지.

네 번째 특징, '재활용은 생활'

검소하고 합리적인 독일 사람들은 집과 가구는 비싸고 호화로운 것을 선호하지만 물건을 쓰다가 버리는 일은 거의 없어. 모든 물건은 쓸 수 있는 한 재활용해서 쓰는 게 몸에 배어 있지. 필요 없는 물건은 버리는 게 아니라 벼룩

시장에 내다 팔아. 재활용은 생활이기 때문에 부자건 가난하건 누구나 벼룩시장에 가지. 철저한 가정 교육으로 연필 몇 자루 들고 벼룩시장에 나오는 어린이들도 있다구.

다섯 번째 특징, 논리적 사고

독일인들은 토론과 논쟁을 엄청 좋아해. 백 분 토론을 백 일이라도 할 수 있는 사람들이라고 할까. 그래서 철학자들이 그렇게 많은가 봐. 지식인이건 아니건 누구나 자기 주장을 펼치고 상대방의 논리와 맞서며 결론 내리는 것을 즐기지. 어딜 가나 토론하는 분위기여서 책도 많이 읽어. 독서는 논쟁할 수 있는 생각을 키워 주니까 말이야.

여섯 번째 특징, 한번 친구면 영원한 친구

개인주의가 강한 독일에서는 가까운 사이에도 어느 정도 거리를 유지해 주는 것이 예의야. 감정적이라기보다 논리적인 사람들이라 얼핏 보기에는 공격적이고 차가워 보일 수가 있어. 친한 사람한테도 입바른 소리를 어찌나 잘하는지. 확실한 조언을 해 주는 것이 친구를 위하는 일이라고 생각하기 때문이지.

장점도 있어. 금방 친해지기가 어려운 독일인들이지만 한번 우정을 쌓으면 평생 친구가 되어 늘 한결같은 신뢰를 보내 주거든. 무뚝뚝하지만 친해지면 오래가는 친구, 그게 독일인이야.

독일인이 생각하는 독일인의 모습

시사주간지 「슈피겔」에서 스스로가 생각하는 독일인의 특징에 대해 설문조사를 했더니 이런 결과가 나왔다는군.

❶ 정돈 74%　　❷ 근면 71%　　❸ 거만함 45%
❹ 개인주의 39%　　❺ 우수한 지능 30%　　❻ 관대하지 못함 26%

재미있는 독일 이름들

독일인의 성씨에는 직업이 들어간 것이 많아.

Bauer [바우어] 농부　　Schneider [슈나이더] 재단사　　Schmidt [슈미트] 대장장이
Fisher [피셔] 어부　　Kutsche [쿠치] 마부　　Backer [베커] 제빵사

그 밖에 독일인의 특이점

❶ 개인당 자전거가 한 대씩 꼭 있다.

❷ 부자는 할머니, 할아버지들이다(연금이 많이 나와서).

❸ 대부분 독일 거지들은 개를 데리고 다닌다.

❹ 독일인들이 자신이 가난하다고 느끼는 순간은 자기의 취미생활을 하지 못할 때이다.

❺ 두루마리 휴지는 화장실에서만 쓴다. 다른 곳에서 쓰면 기겁한다.

❻ 독일 아이들은 학원에 거의 다니지 않는다. 과외는 아예 없다.

❼ 독일 남성들은 대부분 이어폰을 옷 속에 집어넣어 겉으로 보이지 않게 한다.

# 빈손으로 온 빈

두 사람은 빈약한 여비를 아끼기 위해 늘 그랬듯 걸어서 빈까지 가기로 했다. 매일 발에 불이 나도록 걷는 도보여행이지만 숲과 들판이 이어져서 기분만은 상쾌했다. 방향이 헷갈릴 때에는 데빌폰의 네비게이션 기능을 이용했다.

원래 데빌폰엔 말하는 것 외엔 어떤 기능도 쓸 수 없도록 잠금 장치가 되어 있었다. 길 좀 알려 달라고 하자 이렇게 퉁명스럽게 대꾸했던 것이다.

"비밀번호를 누르지 않으면 전 아무것도 도와 드릴 수 없어요."

"사,랑,해,요, 데빌폰! 똑,똑,해,요, 데빌폰!"

"아부하셔도 소용없어요. 비밀번호를 모르면."

"쳇, 길만 가르쳐 달라는데 그것도 못해? 그 정도는 다른 스마트폰도 다 된다고."

"제 수준을 그렇게 낮게 잡으시다니 할 말이 없네요."

"그 낮은 수준의 기능이 필요해."

노빈손이 데빌폰을 잡고 숫자를 이리저리 눌러 댔다. 그러나 뿌루퉁한 데빌폰은 끝내 아무 반응이 없었다. 그때 말숙이가 한마디 했다.

"1234 눌러 봐."

어이없게도 비밀번호는 1234가 맞았다. 액정에 떠 있던 잠금 표시는 어느새 사라지고 없었다.

"딱 보니 비나이더 걔는 별로 똑똑할 것 같진 않더라고."

"말숙아, 너 천재 아냐? 대단한데~."

데빌폰은 화가 났지만 꿀 먹은 벙어리가 되어 있었다. 사실 말숙이 말이 딱히 틀린 말이 아니기 때문이었다.

잠금 장치가 풀린 데빌폰의 네비게이션 기능 덕분에 두 사람은 그럭저럭 오스트리아에 가까워지고 있었다.

독일의 숲은 울창하고 신비로운 느낌이 들지만 길을 잃기가 쉬웠다. 숲에 들어온 노빈손과 말숙이는 길을 잃고 제자리에서 빙빙 돌면서 밖으로 나가지 못하고 있었다.

데빌폰에게 물어보았지만 '떡갈나무 뒤입니다', '전나무 왼쪽입니다', '단풍나무에서 우회전해서 삼나무 뒤로 돌아가서 쥐똥나무 다섯 그루를 지나면 됩니다' 등등 알아듣기 힘든 말만 했다. 도시에서 자란 두 사람에게는 그 나무가 다 그 나무인 것 같아서 말만 듣고는 길을 찾을 수가 없었다.

"안 되겠어. 누가 올 때까지 기다리자."

"그래."

이렇게 결론을 내린 두 사람은 커다란 떡갈나무 아래 앉아 불어오는 바람에 땀을 식혔다.

한참 후에야 외투를 입은 땅딸막한 남자

한 명이 보였다. 노빈손은 반가운 마음에 벌떡 일어났다.

"아저씨, 빈으로 가려면 어느 쪽으로 가야 해요?"

빈손이 길을 막자 남자는 대답을 해 주기는커녕 불같이 화를 냈다.

"이런, 다 날아가 버렸잖아! 멋진 악상이 떠올랐는데."

남자는 빈손이 뭐라고 말하기도 전에 투덜거리며 오던 길로 도로 가 버렸다. 일방적으로 당한 노빈손은 어이가 없었다.

"뭐 저런 사람이 다 있어? 길 좀 물어봤다고 저렇게 화를 내다니."

"루트비히 판 베토벤, 어려서부터 작곡을 했으며 하이든에게 음악을 배운 적도 있습니다. 언제나 새로운 것을 찾아 도전하는 타입의 작곡가로 '아름다운 것을 위해서라면 파괴하지 못할 규칙은 없다'라는 말을 남기기도 했습니다. 귀가 멀어지는 시련과 맞서 싸우며 〈영웅〉, 〈전원〉, 〈운명〉 교향곡 등 아홉 곡의 교향곡과 그 유명한 〈엘리제를 위하여〉를 비롯한 피아노 소나타를……."

"잠깐!"

갑자기 속사포처럼 쏟아지는 데빌폰의 말을 막은 노빈손은 호흡을 가다듬었다.

"그러니까 방금 지나간 사람이 베토벤이란 말이지?"

"그렇습니다. 베토벤은 말년에 귀가 잘 들리지 않는 시련을 겪으면서……."

"그 정도는 나도 안다고."

역사적인 인물을 만났다는 기쁨에 노빈손과 말숙이는 하이파이브를 했다. 합스부르크 왕가의 도시, 아름답고 사치스럽고 활력에 넘치는 빈은 화사한 자태를 뽐내고 있었다.

바흐, 모차르트, 베토벤, 칸트, 니체 등등. 독일과 오스트리아엔 유난히 뛰어난 음악가와 철학자가 많다. 이런 문화는 날씨와 기후의 영향 때문이기도 하다. 햇빛이 화창하게 빛나는 프랑스 남부나 그리스, 이탈리아, 스페인 같은 국가는 국민성 자체도 활발하고 정열적이다. 반대로 햇빛이 잠깐만 비추고 흐린 날이 많은 영국과 독일, 북유럽 국가의 사람들은 실내에서 지내는 시간이 많아 조용하고 사색적이다. 그 때문에 남유럽에서는 건축이나 회화처럼 눈에 보이는 문화와 예술이 발달했고, 독일에서는 음악과 철학처럼 눈에 보이지 않는 내면적인 분야가 발달했다.

바리깡 씨의 조수

　시내에 도착한 두 사람은 한수 비나이더를 만나기 전까지 각자에 맞는 일자리를 찾았다. 이제 소시지라면 눈 감고도 만들 수 있는 경지에 달한 말숙이는 쉽사리 취직을 했지만 노빈손은 일자리를 구하지 못해 이곳저곳을 기웃거렸다.

　다리가 아파서 길에 앉아 있는데 문득 이런 간판이 눈에 들어왔다.

　그 밑에 조수를 구한다는 종이쪽지를 본 노빈손은 용기를 내어 문을 열고 들어갔다.

　"저기요, 사람 구한다는 광고 보고 왔는데요."

　"내가 사장이다만."

　안쪽에서 땅딸막한 신사가 일어났다. 바리깡 씨는 벨벳으로 된 바지에 레이스가 달린 남성용 블라우스를 입고 콧수염을 밀납으로 빳빳하게 고정시킨 빈의 멋쟁이였다. 그는 노빈손을 위아래로 훑어보더니 입에서 푸딩을 굴리는 것 같은 몽글몽글한 목소리로 일장연설을 늘어놓았다.

"진정한 빈의 신사라면 머리부터 발끝까지 완벽해야 하는 법이지. 따라서 이 도시의 제대로 된 신사들은 특별히 맞춘 고급 구두를 신고 머리 모양을 완성하기 위해 이곳으로, 바로 나 바리깡에게 헤어스타일을 맡기기 위해 오신다 이 말씀이야. 저기 모차르트의 사인 보이지?"

과연 가게에는 하이든, 모차르트 등 유명한 작곡가들의 사인이 금으로 된 액자 안에 들어 있었다.

'옛날에도 스타의 사인을 걸어 놓고 홍보하는 가게가 있었구나.'

노빈손은 죽 걸려 있는 사인을 보며 한편으로 이 시대에는 작곡가들이 나름 인기 있는 스타였구나 싶었다.

"근데 너 헤어스타일이 너무 심플한 거 아니니? 우리 가게 이미지에 맞는지 모르겠네……."

한참 가게 자랑을 늘어놓던 바리깡 씨는 정작 노빈손을 채용하는 일에는 망설여지는지 말을 끌었다. 눈치 구백 단의 빈손은 재빨리 구석에 세워진 빗자루를 들고 바닥을 싹싹 쓸었다.

"우선 청소부터 할게요. 기술은 천천히 가르쳐 주세요."

"얘가 뭘 좀 아네. 너 맘에 든다."

이리하여 이발소에 취직하게 된 노빈손

미용실에 가면 흔히 볼 수 있는 머리 깎는 기계다. 일본어가 아닐까 싶지만 프랑스어. 제조회사 Bariquant de Marre(바리캉 드 마르) 이름이다. 고유명사가 보통명사가 되었고 일본에서도 프랑스어 그대로 바리캉(バリカン)이라 한다. 한국에는 1960년대에 이 이발기구 제품이 처음 들어왔다. 군대 갈 때 머리를 빡빡 미는 그 기계.

은 금발, 갈색, 검정색, 갈색이 섞인 금발, 검정이 섞인 갈색, 빨강이 섞인 갈색, 생머리, 곱슬머리, 반곱슬 머리 등 온갖 머리카락들을 쓸고 닦으며 빈에서의 생활을 시작했다.

"번쩍번쩍 빛날 때까지 깨끗이 청소한다. 액자도 반짝반짝 광을 내고! 가위랑 빗도 말끔하게 정돈해 놓고! 오늘은 중요한 손님이 오신다."

아침부터 바리깡 씨가 이발소 직원들에게 잔소리 융단폭격을 퍼부었다. 그가 이렇게 신경을 곤두세우는 것은 특별한 손님이 예약을 했기 때문이다. 빈에 사는 사람이라면 모를 수가 없는 스타, 음악 그 자체인 것 같은 사람, 땅딸막한 키에 불타는 눈을 가진 손님은 바로… 베토벤이었다!

'여기서 또 만나는구나. 과연 음악의 도시답게 작곡가를 쉽게 만나네.'

노빈손은 불같은 베토벤의 성격을 한번 겪었기 때문에 기대보다 약간 긴장이 앞섰다. 가게 안팎을 깨끗이 쓸고 나니 베토벤이 예약한 시간에 정확히 맞춰 나타났다. 바리깡 씨는 온갖 호들갑을 떨며 가장 좋은 자리에 베토벤을 안내한 후 공손하게 물었다.

"모시게 되어 영광입니다. 어떤 스타일로 해 드릴까요? 뭐든 말씀만 하시면 최고로 멋지게 만들어 드리겠습니다. 아시다시피 유명한 음악가들은 모두 저희 가게 단골이시죠."

"…알아서 해. 다들 내 머리 갖고 한마디씩 떠들어 댄단 말야. 그런 소리만 안 들게 해 줘."

베토벤은 다소 퉁명스럽게 대꾸했다. 우아한 겉모습을 중시하는 빈 사람들의 입방아에 오르내릴 만큼 베토벤의 머리는 제멋대로 뻗쳐 있었다. 작곡할 때마다 머리 쥐어뜯는 버릇을 고치지 못했기 때문이었다.

바리깡 씨는 손님이 수다를 좋아하지 않는 것을 간파하고, 모두에게 조용하라는 손짓을 해 보이고는 조심스럽게 악성의 머리를 매만졌다.

잠시 후 베토벤의 머리가 완성되었다. 동글동글하게 컬을 말아 귀 옆에 붙이고, 길게 늘어뜨린 뒷머리에는 붉은색 리본을 사뿐히 동여맨 전형적인 상류층 스타일이었다. 하지만 베토벤에게는 그다지 잘 어울리는 것 같지 않았다. 베토벤도 그렇게 생각했는지 완성된 머리를 보자마자 소리부터 버럭 질렀다.

"이게 뭐야, 귀족한테 아부나 떠는 얌생이 머리 같잖아!"

"무, 무슨 말씀을……. 부티가 좔좔 흐르면서도 세련된 스타일인데요."

"난 독립적이고 자유로운 작곡가라고. 귀족들의 후원 없이도 얼마든지 먹고 살 수 있어. 머리에 달팽이 얹어 놓은 것 같은 이 따위 스타일은 딱 질색이야. 당신 말고 다른 이발사는 없어?"

화들짝 놀란 바리깡 씨는 옆에 있던 두

베토벤 이전까지는 왕이나 귀족에게 하인처럼 고용되어 그들이 주문하는 음악을 만드는 시대였다. 베토벤은 더 이상 누구의 주문이 아닌 음악가 스스로 만들고 싶은 음악을 만들고 그 음악을 연주하거나 악보를 팔아먹고 사는 변화한 시대를 이끌어 가는 선구자 역할을 했다.

명의 수제자에게 가위를 넘겼다. 그리고 목소리를 낮춰 다급하게 속 삭였다.

"어떻게든 비위를 맞춰! 이 양반은 스타니까."

그러나 두 수제자가 차례로 만든 머리도 잔뜩 구겨진 베토벤의 인상을 펴지 못했다.

"다음!"

그다음다음 제자, 그다음다음다음 제자들이 줄줄이 선보인 스타일들이 모조리 퇴짜를 맞았다. 그사이 베토벤의 머리는 모히칸 스타일에서 레게 스타일, 아줌마 파마머리에 이르기까지 수도 없이 변신했다.

"다음!"

이제 이발소에서 베토벤의 머리를 만지지 않은 사람은 노빈손 하나뿐이었다. 바리깡 씨는 절망적인 표정으로 '더 이상 이발사는 없습니다'라고 말하려 하는데, 노빈손이 앞으로 나왔다. 바리깡 씨는 깜짝 놀라 노빈손 앞을 막으며 모기만 한 목소리로 물었다.

"감당할 수 있겠나?"

"훗, 걱정 붙들어 매세요."

노빈손은 가위를 받으며 이렇게 생각했다.

'음악 교과서에서 본 베토벤의 초상화대로 만들어 주면 되는 거 아냐.'

베토벤의 머리를 한 움큼 잡고 싹둑 자르자 사방에서 비명 소리가 작게 터져 나왔다. 그러거나 말거나 빈손은 계속해서 음악가의

머리를 긴 단발에 가깝게 잘라낸 다음, 양손에 기름을 처덕처덕 바르더니 마구 구기고 헝클어뜨리며 '스타일링'을 했다. 이윽고 헤어 스타일이 완성되자 음악 교과서에 나오는 것과 거울 속 베토벤의 모습이 상당히 비슷해 보였다.

한편 바리깡 씨의 얼굴은 새하얗게 질렸다. 저 망나니 같은 봉두난발은 뭔가? 손님 머리를 저렇게 해괴망측하게 만들어 놓다니. 이제 바리깡 씨의 명성도 바리깡으로 밀어 놓은 민머리처럼 사라지고 말 것이다.

"오!"

거울을 본 베토벤은 긍정인지 부정인지 알 수 없는 탄성을 질렀다.

"굉, 장, 히! 맘에 드는구먼."

거울 속 자신의 모습이 타오르는 불꽃 같기도 하고 갈기에 싸인 사자의 얼굴 같기도 한 것이 평소에 바라던 딱 그 이미지였다.

베토벤은 큰 소리로 껄껄 웃었다. 그러자 바리깡 씨도 애매한 표정을 지으며 "하, 하, 하" 하고 따라 웃었다. 이발사들도 덩달아 웃으면서 잠시 화기애매모호한 분위기가 흘렀다. 베토벤은 금화가 든 작은 주머니를 노빈손에게 휙 던졌다. 반사적으로 날아오는 주머니를 받아 열어 본 빈손은 깜짝 놀라서 되물었다.

"너무 많은데요?"

"자네를 내 전속 이발사로 고용하겠네. 그건 계약금이야."

"전속 이발사요?"

"그래, 번거롭게 내가 나올 필요 없이 자네가 우리 집에 와 줘. 일주일에 한 번 정도면 되겠지."

즉석에서 이발사로 고용된 노빈손은 동료들의 부러움 섞인 축하를 받을 때까지도 얼떨떨했다. 바리깡 씨가 베토벤의 사인을 받아 액자로 만들고, 벽에 걸 때까지도 놀라움은 가시지 않았다.

베토벤의 전속 이발사

베토벤의 전속 이발사 노릇은 쉽지만은 않았다. 머리를 만지는 건 쉽지만, 비위를 맞추는 건 너무 어려웠던 것이다.

평소의 그는 호탕하고 재미있는 성격이었지만 곡을 쓸 때는 극히 민감해져서 신경질적으로 변했다. 베토벤은 일상 생활에서도 순간 적으로 자기 세계에 빠져들곤 했는데, 그때 방해받는 것을 끔찍이 싫어했다. 따라서 베토벤과 함께 생활하는 사람들은 모두들 눈치껏 피해 있곤 했다.

노빈손이 세 번째로 저택을 찾아간 날, 그날 처음 온 눈치 없는 하녀가 식탁에 앉 아 생각에 잠긴 베토벤에게 식사를 내왔다. 모락모락 피어오르는 김과 음식 냄새가 작 곡에 방해되자 베토벤은 낮게 으르렁거렸 다.

"꺼우져어."

'뭐지, 저 중국어 같은 말은?'

"꺼지라고!"

잠시 후 노빈손은 하녀의 머리 위로 접시

가 날아가는 장면을 목격했다. 베토벤이 음식을 접시째로 던져 버린 것이다. '꺼우져어'는 베토벤에게서 나오는 단골 멘트였다.

집사는 씩씩거리는 베토벤의 화가 가라앉기를 기다렸다가 고했다.

"이발사 노빈손이 왔습니다. 이 층으로 모실까요?"

"가위손이 왔다고?"

"노, 빈, 손, 이요!"

"왜 소리를 질러. 누가 귀 먹었냐, 엉?"

집사의 말에 베토벤은 정색하고 화를 냈다. 사실 이 시기에 베토벤은 점점 귀가 멀어 가고 있었다. 처음에 그는 이런 사실을 인정하지 않으려 했다. 음악가가 청력을 잃다니, 이보다 더 치명적인 약점은 없다. 눈이 먼 화가가 그림을 그리는 것과 마찬가지로 소리를 들을 수 없는 사람이 음악을 만든다는 것은 아이러니가 아닐 수 없다.

'점점 더 심해지실 텐데 어떡하나……'

말을 얼른 알아듣지 못해 고개를 갸우뚱하는 베토벤의 모습을 보면서 노빈손은 미래에서 온 자의 슬픔을 느꼈다. 노빈손은 베토벤 앞에 기다리고 있는 운명을 훤히 알고 있었기 때문이다. 두 귀가 완전히 멀어 버린다는 것, 그가 절망하고 괴로워할 것이라는 것을 알고 있기 때문에 슬픔도 미리 다가왔다.

'아저씨랑 얘기할 때는 더 큰 소리로 말해야겠어.'

노빈손은 서글픈 마음으로 이렇게 결심했다.

한편 30년 전쟁 통에 노빈손과 데빌폰을 잃어버린 비나이더는 빈에 유학하고 있는 누나 집에서 이불을 쓰고 앓아눕다시피 했다.

"난 못 가. 이대로는 못 가. 가면 퇴학이라고. 어흐흑~."

"못난아, 얼른 일어나!"

비나이더의 똑똑한 고등학생 누나, 비나이순은 한 달 넘게 끙끙거리기만 하는 동생이 한심해 혀를 끌끌 찼다.

"너 때문에 내가 데빌폰 유료 결제 기능을 얼마나 썼는지 알아? 일어나 앉아 봐. 네가 어떻게 해야 할지 이 누님께서 알려 줄 테니."

"정말?"

비나이더가 이불을 박차고 벌떡 일어나자 비나이순은 자신의 데빌폰을 꺼내 액정 화면을 보여 주었다.

"노빈손이라고 했지? 놈은 멀지 않은 곳에 있어."

화면에는 바리깡 씨의 이발소에서 일하는 노빈손의 동영상이 떠 있었다. 비나이더는 허둥지둥 외출 준비를 했다.

"가야겠어. 얼른 가서 잡아 와야지!"

"잠깐, 무턱대고 가면 어떡해? 작전을 짜야지. 너, 제대로 된 계획이라도 있어?"

비나이순은 동생의 귀에 대고 '미미르의 샘 작전'을 가만히 속삭였다. 비나이더가 흥분한 표정으로 고개를 마구 끄덕였다.

 # 〈운명 교향곡〉의 뮤즈가 되다

한편 베토벤은 노빈손과 말이 잘 통했기 때문에 산책 친구로 삼았다. 큰 소리로 입 모양이 잘 보이게 말을 하는 빈손과의 대화는 여느 사람보다 편했다. 좋아하는 사람과 있을 때는 한없이 유쾌하게 변하는 것이 베토벤의 특징이었기 때문에 산책 시간은 노빈손에게도 큰 즐거움이었다.

독일 날씨는 변덕스럽다. 흐리다가도 갑자기 햇살이 쨍쨍 내리쬐고 그러다가도 비가 오기 십상이다. 어두침침한 날씨가 많아서인지 독일 사람들은 해가 따뜻하면 무조건 밖으로 나와 햇볕을 쬐는 습관이 있었다. 햇살이 유난히 좋은 오후, 베토벤은 노빈손을 데리고 밖으로 나갔다.

"이런 날엔 빨래처럼 햇살에 몸을 널어 놔야 해."

"저야 대환영이죠."

두 사람은 나무들이 이어진 초록색 들판을 가로질러 걸어갔다.

"저 나무가 너도밤나무일세. 저건 졸참나무, 이건 은송이나무야."

"우아, 나무 이름도 훤히 아시네요."

"여름에는 항상 시골 별장에서 지내니까. 난 자연이 좋아. 푸른 들판에 울리는 작은 새의 노래보다 아름다운 음악이 어디 있겠나? 자연이 주는 신비로움과 편안함, 어려운 시기를 극복하려는 의지, 그런 것들이야말로 영원한 내 음악의 주제라네."

'아 이래서 〈전원 교향곡〉이 나왔구나.'

노빈손은 속으로 생각했다.

여럿이 앉아도 좋을 만큼 커다란 그루터기가 나왔다. 베토벤은 잠시 땀을 식히고 가자고 했다. 나무와 풀 향기가 콧속으로 들어오는 자연 속을 걷고 있으면 격렬하던 베토벤의 마음은 차분하게 가라앉고 신선한 음악으로 가득 찼다. 베토벤은 마음속에서 들려오는 그 음악에 몰두하느라 점점 더 고개를 숙였다.

"와~ 공기가 너무 좋아서 콧구멍으로 자일리톨 껌을 씹는 것 같아요."

"……."

"또 콩나물 무치는 중이에요?"

"……."

노빈손이 물었지만 대답이 없다. 콩나물 무치는 중이란 뜻이다. 이 말은 노빈손과 베토벤 사이에만 통하는 말로, 베토벤이 머릿속으로 음표를 그리며 작곡 중인 상태라는 뜻이다.

빈손은 방해가 되지 않으려고 덩달아 눈을 감았다. 그러나 예술가의 영감이 무르익는 사이, 빈손의 속에서는 전혀 다른 것이 무르익고 있었다.

'점심을 너무 많이 먹었나?'

거나하게 차려진 식사를 남기지 않고 해치운 탓에 노빈손의 배는 평소보다 빵빵했다. 먹고 나서 곧바로 산책을 했더니 빈손의 위장은 소화를 마치고 가스를 밀어낼 채비를 마친 것이다.

'안 돼. 지금 방귀를 뀔 순 없어.'

당황한 노빈손의 몸은 뻣뻣하게 굳었다. 그리고 점점 더 가스의 압박이 느껴졌다.

'어머니, 절 왜 이렇게 신진대사가 활발한 육신으로 태어나게 하셨나요……. 아악, 방귀가 너무 땡겨. 살짝 움직이기만 해도 터질 것 같아.'

악상이 떠오를 땐 음식 냄새만 나도 질색인 베토벤이 아닌가. 그런 그가 이 아름다운 자연 속에서 작곡을 하고 있다가 방귀 냄새를 맡으면 얼마나 화를 낼지 상상하기도 싫다! 하얗게 질린 노빈손은 엉덩이에 힘을 주고 최대한 방귀를 꾹 참았다.

그때였다. 어디선가 날아온 벌 한 마리가 빈손의 등 쪽으로 다가오자 깜짝 놀란 노빈손은 벌에게 쏘일까 봐 자기도 모르게 허리를 굽혔다. 그 순간,

"뿌뿌뿌 뿌웅~."

조용한 들판을 뚫고 노빈손의 방귀 소리가 천둥같이 울려 퍼졌다. 동시에 감겨 있

'교양인'을 길러내는 데 초점을 맞추는 독일 교육은 두 분야 이상에 능숙한 인물들을 많이 배출한다. 예를 들어 철학자 니체는 아홉 살부터 작곡을 한 피아노 연주자이기도 했다. 독일계 유대인인 아인슈타인은 거리에서 동냥하는 소녀를 위해 바이올린을 연주했다는 일화가 남겨져 있을 정도로 바이올린 연주에 능했다. 화가 파울 클레도 바이올린을 잘 다루었다고 하고, 신학자 칼 바르트는 임종의 순간에 모차르트 음악을 들었을 정도로 모차르트 마니아였다고 한다.

던 베토벤의 눈이 번쩍 떠졌다. 너무 놀라 화내는 것도 잊은 걸까. 휘둥그레진 베토벤의 눈동자와 마주치자,

"뿌뿌뿌 뿌웅~."

한 번 더 장렬하게 가스를 발사하고 만 노빈손이었다. 냄새는 별로 안 났지만 소리만은 박격포 못지않았다. 베토벤이 벌떡 일어나자 노빈손은 벼락이 떨어질 것이 무서워 뒷걸음질 쳤다.

"죄송해요. 벌 때문에 제가 놀라 가지고……."

"쉿!"

베토벤은 검지를 입술에 대고 조용히 하라고 했다. 그러더니 입으로 멜로디를 흥얼거리면서 땅바닥에 무언가 맹렬히 적기 시작했다. 빠바바 밤~ 빠바바 밤~! 오선지도 없는데 정신없이 이어지는 음표들의 행렬!

"빠라라빠라라빠라라밤~ 빠라라라빠라라라빠라라밤! 빠라라라밤, 밤, 빠암!"

정신없이 빠른 선율을 흥얼거리던 베토벤은 또다시 큰 소리로 "빠빠빠 빵~! 빠빠빠 빵~!"을 외치다 벅찬 희열에 차서 부르짖었다.

"운명의 문을 두드린다!"

그건 클래식의 '클' 자도 모르는 사람이라도 한 번쯤 들어 본, 세계에서 가장 유명한 제5번 교향곡 〈운명〉의 1악장이었다. 비장하면서도 아름다운 멜로디, 듣는 이의 가슴을 후벼 파는 듯한 이 장엄한 음악은 듣는 이들의 눈에서 눈물을 흘리게 한다. 수많은 이들의 영혼을 울린 그 음악이 지금 막 베토벤의 가슴에서 피어난 것이다.

베토벤은 오직 땅바닥에 그리는 악보 외에 다른 것은 보이지도 않는 듯했다. 미친 듯이 음표를 휘갈기던 베토벤은 노빈손이 내민 종이에 급히 악보를 옮겨 적었다. 그리고 인사도 없이 종종거리며 집으로 향했다. 그 걸음은 음악이라는 귀한 보물이 하나라도 샐까 봐 조마조마해하며 최대한 빨리 걷는 것처럼 보였다.

잠시 후 베토벤의 저택에서는 웅장한 피아노 소리가 흘러나왔다. 노빈손의 방귀 소리가 악상을 떠올리게 한 것이다.

베토벤이 만든 교향곡은 빈 시민들 전체가 좋아했지만, 노빈손이 만든 헤어스타일은 베토벤 빼고 아무도 좋아하지 않았다. 그 스타일을 소화하기에는 빈 사람들이 너무나 귀족적이고 세련됐기 때문이다.

노빈손은 일주일에 한 번씩 베토벤의 저택을 찾아가는 날을 제외하고는 여전히 바리깡 씨의 가게에서 머리카락을 쓸거나 손님 머리를 감겨 주며 하루 하루를 흘려 보내야 했다. 매일이 너무 무료한 노빈손은 데빌폰에게 윽박질렀다.

"도대체 빈에 있다는 네 주인은 왜 보이지 않는 거냐? 우리가 온 지도 꽤 됐는데 아무런 신호도 없어?"

"그게요, 제 위치추적 시스템이 고장 났거든요. 주인님을 만나면 금방 고칠 수 있을 텐데."

"그러니까 어떻게 만나냐고."

어느 때처럼 무료한 어느 수요일, 노빈손은 손님의 얼굴에 수건을 얹고 머리를 감겨 준 후 늘 하던 대로 심드렁하게 물었다.

"불편하진 않으세요?"

"무척 불편합니다. 이러고 계신 걸 보니 몸이 아니라 제 마음이."

"네?"

베토벤의 9개 교향곡 중에서 가장 널리 사랑받는 곡으로 견고한 구성이 특징이다. 〈운명 교향곡〉의 원래 부제는 '운명'이 아닌 '황제' 교향곡이다. 이 곡은 초연 때 좋은 반응이 없어 거의 묻히는 곡이었으나 프랑스에서 병사들을 위한 음악회에 이 곡이 연주되자 어느 한 노병이 "황제 만세!"라고 외치면서 순식간에 '황제 교향곡'이라는 이름으로 유명해졌다. 빠빠바밤-네 개의 음으로 된 유명한 제1주제는 베토벤이 수풀 속을 산책하다가 '삐삐삐-' 귀여운 새소리에서 힌트를 얻어 작곡했다. 심각한 고뇌가 느껴지는 첫 테마를 두고 베토벤은 '운명이 문을 두드리는 소리'라고 설명한 후로는 〈운명 교향곡〉이 부제가 되었다.

그때 노빈손의 바지 뒷주머니에 들어 있던 데빌폰이 요란하게 떠들어 댔다.

"비나이더 주인님!"

그 소리에 놀란 노빈손이 손님의 얼굴을 덮은 수건을 치우자 비나이더의 호빵 같은 얼굴이 나타났다.

"저 혼자 떨어지는 바람에 고생 좀 했죠. 당신을 찾느라 시간이 많이 걸렸어요."

"왜 시치미를 뚝 떼고 머리를 다 감겨 준 다음에야 아는 척을 하는 거야?"

'보기보다 은근히 예리하단 말야' 라고 생각한 비나이더는 슬쩍 화제를 돌렸다. 사실 노빈손이 시중 드는 것을 즐기고 있었기 때문이다.

"하이델베르크의 절경을 즐기기에 딱 좋은 가을이에요. 본격적으로 독일 관광을 해 보시는 게 어때요? 말숙 님도 이리로 오고 계세요."

음모를 꾸밀 때면 늘 그렇듯 비나이더의 두 뺨이 조금씩 빨개지고 있었다.

"됐고! 나랑 말숙이랑 빨리 돌려보내 줘."

"이 여행만 끝나면 무사히 보내 드린다니

1712~1914년 하이델베르크는 대학은 법률이 침범할 수 없는 치외법권 지역이었다. 그만큼 학생들을 특별하게 생각했던 것이다. 때문에 대학에서는 경범죄를 저지른 학생들을 자체적으로 처벌하기 위해 학교 안에 감옥을 지어 1~30일간 가둬 두곤 했다. 처음 3일은 물과 빵 외엔 아무것도 못 먹지만 그후엔 사식도 허용되고 수업까지 들어갈 수 있었다. 반항기 넘치는 대학생들은 이 감옥에 가는 것을 오히려 자랑스럽게 여기기도 했다. 지금도 감옥 안을 보면 당시의 학생들이 남긴 낙서나 그림이 잔뜩 남아 있다.

까요? 모험을 끝내고 나면 항상 집에 잘 돌아갔다면서요. 모험 한두 번 한 것도 아니면서 왜 이래요, 아마추어같이."

이 말이 노빈손의 자존심을 긁었다. 아마추어라니, 천하를 밥 먹듯 돌아다닌 영원한 보헤미안 노빈손에게 이 무슨 개념을 안드로메다로 보낸 막말이란 말인가.

"좋아. 한 가지만 알아 둬. 니가 무슨 꿍꿍이를 쓰던지 나한테는 안 통한다는 걸 말야."

"빈손아~."

그때 말숙이가 가게에 모습을 드러냈다. 커다란 리본이 달린 모자를 쓰고 여행 준비를 마친 모습이었다.

바리깡 씨에게 작별인사를 고한 노빈손은 말숙이와 함께 오스트리아를 떠났다.

옥토버페스트 VS 쾰른 카니발

늘 엄숙하고 도통 웃을 줄 모르는 것 같은 독일 사람들. 하지만 축제가 시작되면 독일 사람이 맞나 싶게 신나게 즐기는 모습을 볼 수 있어. 지역색이 강한 독일에서는 고장마다 독특한 민속축제가 많아. 그 중에서 독일 축제의 대표 주자, 뮌헨의 옥토버페스트와 쾰른 카니발에 가 보자구. 야호!

옥토버페스트

기간 : 9월 말에서 10월 초까지 2주간

● 축제의 기원

유명한 맥주 회사가 몰려 있는 뮌헨에서는 열리는 축제가 거의 맥주 축제라고 해도 과언이 아니야. 모든 뮌헨 축제 중에서 가장 뮌헨다운 분위기가 나는 축제는 옥토버페스트야. 전 세계에서 약 700만 명의 관광객이 축제를 즐기기 위해 몰려오지. 뮌헨 인구 130만 명의 다섯 배에 달해.

이 축제는 바이에른의 황태자 루트비히 1세와 작센의 테레지아 공주의 결혼을 축하하기 위해 시작됐어. 주민들이 왕의 천막을 세우고 존경을 표하자 국왕이 답례로 성대하게 주민 축제를 베풀었다고 해. 당초 한 번으로 끝내려 했지만 농민 단체가 이어받아 계속 열렸고 1883년 뮌헨의 6대 맥주회사가 축제를 후원하면서 독일을 대표하는 국민적인 행사로 발전한 거지.

● 거대한 맥주통과 산더미 같은 소시지

축제가 시작되면 커다란 맥주통을 가득 실은 마차를 앞세우고 고유의상을 입은 주민들 행렬이 이어져. '던들'이라는 바이에른 전통의 상을 입은 사람들이 가는 곳을 졸졸 따라가면 '테레지아 초원'이라 불리는 커다란 천막과 행사장이 나올 거야. 수천 명이 한꺼번에 들어갈 수 있는 천막 안에는 전 세계에서 몰려온 사람들이 건배를 하며 잔을 부딪치지.

얼마나 먹고 마시는지 축제 기간에 요리된 소만 해도 95마리, 소시

지 40만 개였다고 하니 돼지고기, 닭고기는 얼마나 많이 퍼날랐겠냐고. 이 기간 동안 소비되는 맥주만 600만 리터에 이른다니 엄청난 거지.

옥토버페스트에서 또 하나 빼놓을 수 없는 것은 마차야. 화려하게 치장한 말이 맥주통을 산처럼 쌓아 올린 마차를 끌고 거리를 지나가면 축제 분위기가 한층 고조된다구.

쾰른의 다섯 번째 계절

쾰른 카니발 기간 : 11월 11일 11시부터 한 달간

● **다른 세상을 사는 시간**

세상에는 사 계절이 있지만 쾰른에는 다섯 번째 계절이 있어. 다섯

번째 계절은 바로 카니발 계절이야. 카니발이 열리는 동안 전혀 다른 세상을 살고 있다는 뜻에서 붙여진 이 카니발의 애칭은 '쾰른의 다섯 번째 계절'.

이 기간에는 도시 전체에 공휴일이 선포되고 상점들도 문을 닫아. 처음 본 사람과 어깨동무를 하고 쾰른의 맥주인 쾰시를 나누어 마시면서 밤새 떠들고 노래하고 낮엔 가장행렬을 하는 것이 쾰른 카니발이야. 이 축제는 어른만을 위한 축제가 아니야. 곳곳에 아이들을 위한 인형극이 열리고 '어린이 카니발 모임'을 따로 만들어 운영하지.

마지막 엿새 동안에는 도시와 사람들이 완전히 딴판으로 변해. 거리 곳곳에 이국적인 의상을 입고 분장한 사람들이 우르르 몰려다니며 끊임없이 웃음소리가 터지지. 꼭 영화 촬영장 세트에 들어온 것 같다고 할까. 일년에 딱 한 번 사람들이 평소의 모습을 벗어 버리고 뻔뻔스럽고, 무례하고, 무질서한 모습을 보여 주면서 '바보라고 다 똑같은 것은 아니다' 라는 격언에 맞춰 자기 개성을 추구하는 거야.

● 넥타이를 조심해

'여자들의 목요일(카니발의 둘째 주 목요일)'에는 새 넥타이를 매면 안 돼. 중세 복장을 한 여자들이 남자들을 습격해 넥타이를 싹둑 잘라 버리거든. 그래도 화를 내는 사람은 별로 없어. 대신 아가씨의 뽀뽀를 받게 되거든! 잘린 넥타이는 그 아가씨의 치맛단에 장식으로 매달리게 되지. 그래서 이날 남자들은 되도록 헌 넥타이를 매고 나가.

카니발은 '로젠몬탁(장미의 월요일)'에 절정을 이뤄. 11시가 되기 11분 전에 광장에서 출발한 퍼레이드가 4시간 동안 행진을 하는데 이때 길가의 사람들이 "카멜레!"를 외치면 행렬 마차에 탄 사람들이 껌과 초

콜릿을 던져 줘. 특히 꼬마들이 맨 앞에서 봉지를 들고 초콜릿을 달라고 무언의 압력을 넣지. 영리한 사람들은 초콜릿을 많이 받으려고 우산을 거꾸로 들고 있기도 해. 수많은 사람들이 신부, 중세기사, 꿀벌, 인디언, 광대, 카우보이 등 온갖 모습으로 분장을 하고 퍼레이드를 뒤따라가. 한 해 관광객들이 쓰는 소품비만 해도 3억 유로에 달한다고 하니. 굉장하지?

축제의 마지막 밤엔 '누벨'이라는 짚 인형을 화형시켜. 누벨은 부패 정치인의 모양을 하고 있을 때가 많아. 누벨을 태우고 나면 '재의 수요일'을 상징하는 생선 요리를 먹으면서 신나는 카니발은 막을 내리게 돼.

그 밖의 축제들

이 외에도 8월 둘째 주 토요일에 바이에른 주 오베르팔츠 숲 속의 작은 도시 푸르트에서 열리는 '용 퇴치 축제', 세계 3대 영화제 중 하나인 '베를린 영화제', 유럽 3대 음악 축제 '바이로이트 음악 축제'가 유명하지.

# 하이델베르크에 온 노빈손

　은빛으로 반짝이는 네카 강 너머 초록빛 산과 붉은 지붕이 줄줄이 늘어선 하이델베르크는 가을의 정점에 달해 있었다. 유서 깊은 대학들이 포진한 이 도시는 고풍스러우면서도 낭만적인 분위기가 물씬 풍겼다. 낙엽 깔린 거리를 걷는 세 사람의 발걸음은 깃털처럼 가벼웠다. 노빈손과 말숙이는 모처럼 연인 모드가 되어 한 쌍의 바퀴벌레처럼 손을 잡고 다정하게 걸었다.

　"여기는 '철학자의 길'입니다. 올라가면 하이델베르크의 전경이 한눈에 내려다보이는 곳이 나와요."

　오르막이라 좀 힘들었지만 데빌폰의 말대로 '철학자의 길'을 올라온 보람이 있었다. 빨간 지붕이 굽이굽이 이어진 시내가 한눈에 들어오자 두 사람은 야호를 외쳤다. 해가 지는 하이델베르크의 풍경을 감상하다 보니 금세 어둠이 내렸다.

　"이쪽으로 오시죠."

　세 사람은 언덕 아래를 향해 걷기 시작했다. 그런데 한동안 이어지던 내리막길이 다시 평평해지며 주변은 점점 더 깊은 숲으로 변했다. 어디선가 올빼미 소리가 들리자 기분이 으스스해진 말숙이가 노빈손 옆에 바싹 붙었다.

　"너 설마, 무슨 수작 부리는 거 아니지?"

　"그럼요. 저는 언제나 빈손 님의 안위만을 걱정한답니다. 이걸 보시죠."

비나이더는 품에서 양피지로 된 봉투를 꺼냈다.

진리를 사랑하는 철학자들의 끝장 토론

불철주야 진리를 사유하는 학자여러분을 위해 뜻 깊은 자리를 마련하였습니다. 위대한 철학자들이 한자리에 모여 토론을 벌이며 가을밤을 수놓을 예정입니다.

최고의 철학자로 뽑힌 분께는 미미르의 샘에서 떠 온 지혜의 물을 선사할 예정이니 오셔서 자리를 빛내 주시기 바랍니다.

주최 : 지혜를 얻기 위해서라면 까나리 액젓도
마실 수 있는 최고 신 오딘 
사회 : 임마누엘 칸트
패널 : 헤겔, 쇼펜하우어, 니체, 마르크스 그 외
다수의 독일 철학자

"이게 뭐야?"

"잘 살펴보라고요. 현자들의 모임이니 참석하면 21세기 한국으

로 돌아갈 방법을 찾게 될 수 있어요. 게다가 지혜의 샘물을 마시면 최고의 지혜까지 얻을 수 있다고요."

"난 토론이란 말만 들어도 토할 것 같은 사람이야. 우웩~."

"딱히 다른 방법이 없잖아. 일단 가 보자."

노빈손과 말숙이는 의논 끝에 토론회장에 가기로 했다. 이대로라면 평생 독일에 남아야 할지도 모르기 때문이다.

"그럼 앞장 서."

"잘 생각하셨습니다, 노빈손 님! 이 숲으로 더 들어가면 됩니다."

비나이더는 돌아서면서 슬며시 웃었다.

'첫 번째는 실패했지만 이 유혹은 틀림없이 성공할 거다. 으흐흐……'

노빈손은 어둠 속으로 한 발 내디뎠다. 어둠 때문에 더욱 검게 보이는 숲 저 너머로 토론회장의 불빛이 희미하게 보였다.

 ## 철학자들의 끝장 토론

'이거야말로 마녀들의 집회 같은걸?'

토론장에 도착한 말숙이는 깜짝 놀랐다. 감옥에서 들은 마녀들의 모임과 상당히 흡사한 풍경이었기 때문이다. 한가운데에 장작을 산더미처럼 쌓아 올린 커다란 모닥불이 타닥타닥 타올랐고 사람들은 원을 그리며 둘러앉아 있었다. 주변에는 온갖 산해진미가 차려져

있고 '맥주 없이 못살아!'를 외치는 독일인
답게 다양한 종류의 맥주들이 넘쳐났다.

"잘 오셨수!"

토론장 입구에서 초대장을 보여 주자 한
남자가 인사를 걸어 왔다. 하얀 머리카락과
수염이 사방으로 뻗친 남자는 딸꾹질을 심
하게 했다. 그가 20세기를 뒤흔든 이론가
마르크스라는 것을 알 리 없는 노빈손은 어
색하게 악수를 한 후 구석 자리에 앉았다.

'토론회라더니 순 먹고 노는 거잖아?'

카를 마르크스

마르크스(Karl Marx, 1818~1883)
는 우리 인간의 삶을 바꾸려고
노력을 한 철학자이자 혁명가.
모든 철학자들이 이 세상을 해석
했다면 마르크스는 이 세상을 변
화시키려고 일생을 보냈다. 마르
크스는 진리를 철저하게 실천의
관점에서 바라보았다. 늘 가난에
시달렸고, 자식 셋이 굶주림과
질병으로 먼저 죽어가는 것을 보
아야 했던 마르크스는 사회의 모
든 악은 기본적으로 물질(돈)에서
비롯된다고 생각하여 자본주의
사회를 강력하게 비판했다.

연회는 한참 전에 시작했는지 분위기가 무르익어 있었다. 토론회 참가자들은 풍성하게 차려진 음식을 먹고 마시며 배를 두들기고 있었다.

달이 높이 솟아오르자 올빼미 우는 소리가 들려왔다. 그 소리를 신호 삼아 키 작은 신사 한 명이 일어나 연설을 시작했다.

"오늘 사회를 맡은 칸트입니다. 이제 맥주잔을 내려놓고 진리의 잔을 높이 들 시간입니다. 오래전 저는 네 가지 문제를 가지고 고민했습니다. '나는 무엇을 알 수 있나? 나는 무엇을 해야 할까? 나는 무엇을 희망해야 할까?' 전 감히 이 문제를 풀었다고 자부합니다. 남은 것은 '인간이란 무엇인가?' 이 한 가지지요. 후배 분들의 생각을 듣고 싶군요."

"…흥! 따분하긴. 이성의 시대는 이미 갔다구."

노빈손 옆에 앉아 있던 남자가 냉소적으로 중얼거렸다. 호기심이 생긴 빈손이 먼저 인사를 했다.

"전 노빈손이라고 해요. 실례지만 선생님은 누구세요?"

"흥미롭고 무례한 질문이군. 내가 나라고 말할 수 있는 자는 누구일까? 내 입술보다는 내 책이 더 정확하게 말해 줄 걸세. 차라투스트라를 내세운 내 글을 읽어 보게."

자기 이름을 알려 주지 않은 신사의 이름은 니체였다. 토론의 열기가 한참 고조되었

신은 죽었다

소위 '망치의 철학자'로 불리는 니체는 합리적 이성마저 해체하며 완전히 새로운 철학을 제시한다. 니체의 저서 『즐거운 학문』과 『차라투스트라는 이렇게 말했다』에 등장하는 '신은 죽었다'라는 말은 '신이 없다'는 뜻이 아니다. 이것은 인간이 더 이상 신을 믿지 않고 신을 인정하지 않기 때문에 그동안 인간을 지배해 온 신이 그 힘을 잃었다는 뜻이다.

을 때 대뜸 '신은 죽었다!'며 고래고래 고함을 질렀기 때문에 알 수 있었다. 차라투스트라는 몰랐지만 이 유명한 격언을 어디선가 들어 본 적이 있던 노빈손은 적잖이 놀랐다.

'다들 철학자 유령인가?'

죽어서도 토론을 멈추지 않는 철학자들의 대화는 모닥불보다 더 활기차게 타오르고 있었다.

"…정, 반, 합, 세 가지의 변증법적 논리로 못 풀어 낼 숙제는 없지요. 이렇게 하나하나 오류를 줄여 가다 보면 전체로서의 진리에 도달하게 될 것입니다."

"유식한 말을 해 봤자 고통만 늘어갈 뿐입니다. 오직 고통, 고통만이 유일한 진실이죠. 그런데도 인간은 꺼질 줄 아는 비눗방울을 부는 아이처럼 삶을 이어가는군요. 한데 이 자리에 웬 여자가 끼어 있답니까? 여자는 절대 진리를 알 수 없는데."

헤겔의 말에 이어 쇼펜하우어가 의견을 말하다 느닷없이 말숙이를 걸고 넘어졌다. 쇼펜하우어는 여성을 몹시 혐오하는 성향이 있었다. 이런 소리를 듣고 가만 있을 말숙이가 아니다.

"나 참, 21세기에선 상상도 할 수 없는 후진 말이네요. 여자가 뭐 어째요?"

"거, 초대장은 있어요?"

"있어요! '동양의 현자' 노빈손과 함께

온 말숙이라고요. 명단 보이시죠?"

말숙이가 초대장 뒷면에 적혀 있는 참석자 명단을 흔들자 그제야 쇼펜하우어의 볼멘소리가 잠잠해졌다.

"모두들 뜬구름 잡는 소리만 하고 있어요. 현실에 눈을 떠야 합니다. 진리의 힘은 실천에서 증명되어야 하는 겁니다. 저는 이렇게 외치고 싶습니다. 만국의 노동자여, 단결하라!"

텁석부리 마르크스가 웅변적인 어조로 외쳤다. 좌중들은 과연 철학이라는 학문이 무얼 해야 하는가를 둘러싸고 원론적인 토론으로 돌아갔다.

이 모든 소동에 한 마디도 하지 않는 고요한 이가 있었으니, 바로 노빈손이었다. 애당초 자기가 낄 자리가 아니라고 판단한 빈손은 푸지게 먹은 후 식곤증으로 꾸벅꾸벅 졸고 있었다.

"순수이성을 찾아요."

"그러니까 정, 반, 합을 통해 절대 정신에 이르면……."

"신은 죽었다!"

"아마, 안 될 거야……."

"만국의 노동자들이여, 단결하라!"

칸트, 헤겔, 니체, 쇼펜하우어, 마르크스는 시간이 갈수록 자기의 유행어를 남발하며 열띤 토론을 펼쳤다. 이들이 한 치의 양보 없이 논쟁을 벌인 이유는 따로 있었다.

이 토론의 우승자는 황금 잔에 들어 있는 미미르의 샘물을 마실 수 있기 때문이었다. 지혜의 신 미미르의 샘에서 떠온 물을 마시면 우주와 생명의 비밀을 한순간 깨치고 모든 진리를 넘나들 수 있다고 알려져 있다.

"결판이 나지 않는군요. 지금까지 한 마디도 안 한 사람이… 어디, 동양에서 온 현자의 말도 들어 봅시다."

칸트가 노빈손을 지목했다. 말숙이는 노빈손을 흔들어 깨웠다.

"일어나. 네가 뭐라도 떠들어야 할 판이야."

"음냐음냐……. 나 하품 나와 죽겠어."

"자다 봉창이라도 뜯어!"

말숙이에게 떠밀려 나간 노빈손은 눈을 반만 뜬 채 연단에 섰다.

"동양에서 오신 양반, 우리에게 한 말씀 들려주시오. 당신이 생각하는 진리란 무엇이오?"

노빈손은 말간 국에서 건더기를 건져 낼 때처럼 열심히 머릿속을 뒤져 봤다. 모두의 마음을 울릴 심오한 말이 없을까? 빈손은 침을 꿀꺽 삼켰다. 모두들 숨죽이고 지켜보는 가운데 마침내 '건더기'가 될 만한 말이 생각났다.

"산은 산이요, 물은 물이로다—."

판소리 사설을 하듯 길게 외친 빈손의 말에 철학자들은 어안이 벙벙해졌다.

"그게 뭔가요? 산은 당연히 산이죠. 근데 왜?"

"아니, 이건 변증법적 문법이에요. 산은 산이다. 사람들은 이렇게 생각하지만 산은 물이 아닌가? 이렇게 반문할 수 있어요. 그러나 모든 사고를 의심한 후 산은 산이라고……"

"사물을 있는 그대로 바라보라는 뜻 아닐까요?"

헤겔에 이어 다른 철학자들이 나서서 노빈손의 말에 자신의 견해를 붙이기 시작했다.

그리스 철학 이래 내내 이성적 사유와 직관에 사로잡혀 있던 서양의 철학자들은 너무도 단순한 노빈손의 말에 충격을 받았다. 다들 노빈손이 한 말을 음미하기 시작했다. 그것이 동양식의 '화두'를 던져 준 것이라는 건 알지 못했다.

미미르의 샘물을 엎어 버리다

"올빼미가 울기 전 미미르의 샘물을 마실 자를 뽑아 주시오."

마침내 모든 토론이 끝나고 가장 놀랍고 신선한 논리를 펼친 우승자를 뽑을 시간이 돌아왔다. 이름을 적은 종이쪽지가 모이자 칸트가 결과를 발표했다.

"올해의 수상자가 정해졌소. 노빈손 씨, 앞으로 나와 주시오."

노빈손은 놀라워하면서 벌떡 일어났다. 철학자들은 부러워하는 눈빛으로 길을 만들어 주었다. 빈손은 천천히 황금 잔이 있는 곳으로 걸어 나갔다.

그때 '펑!' 소리와 함께 허공에 영혼 계약서와 깃털 펜이 나타났다. 빈손은 깜짝 놀라 주변을 둘러보았으나 한수 비나이더를 제외한 토론장의 누구도, 심지어 말숙이조차도 그 종이와 펜이 보이지 않는 눈치였다.

"얼른 미미르의 샘물을 마셔요. 샘물을 마시면 저 종이에 저절로 사인이 될 겁니다. 세상에서 가장 똑똑한 사람이 되면 돈과 명예는 물론 집으로 돌아가는 길도 알게 될 걸요? 당연히 여자도 줄줄이 붙겠죠?"

비나이더가 열심히 부추겼다. 노빈손은 잠이 깨지 않은 멍한 눈으로 경중경중 앞으로 걸어가고 있었다. 노빈손이 홀린 사람처럼 앞으로 걸어 나가자 사태를 지켜보던 말숙이가 물었다.

"빈손아, 괜찮아?"

"이거 먹으면 내가 엄청 똑똑해진대. 똑똑해지면 돈, 명예와 여자가 줄줄 붙는대."

"뭣이라, 여자? 너 황천길로 직립보행하고 싶구나. 내 앞에서 그런 소리가 나와?"

부지불식간에 사실대로 말해 놓고 노빈

손은 깜짝 놀랐다. 말숙이의 강력한 주먹 앞에서 무슨 소리를 한 건가 싶어 얼른 덧붙였다.

"진정해, 난 그냥 들은 대로 말한 거라고."

"그래서 넌 어떡할 거야? 저 잔을 마시기라도 할 거야?"

"신중하게 생각을 좀 해보고……."

"생각? 무슨 생각?"

"화 풀어라. 내가 어떻게 했으면 좋겠는데 그래?"

"이렇게 했으면 좋겠어, 난."

더는 입씨름 할 것도 없다고 생각한 말숙이는 미미르의 샘물이 담긴 황금 잔을 이단옆차기로 바닥에 쏟아 버렸다.

"으악!", "옴마나!", "저 귀한 물을!"

철학자들은 제 몸이 일격을 당한 것처럼 외마디 비명을 질렀다. 황금 잔에서 쏟아진 샘물은 지상에 닿자마자 그대로 기체가 되어 허공 속으로 증발해 버렸다. 모두의 입이 떡 벌어진 가운데 말숙이만 침착하게 말했다.

"빈손아, 난 네가 똑똑해서 사귄 게 아냐. 그냥 너라서 좋은 거지. 지금 그대로의 모습으로 있어 줘."

"마, 말숙아……."

말숙이의 말에 노빈손은 완전히 감동했다. 이런 여자 친구를 버리면 천벌을 받고말고. 암, 암. 두 사람은 어느새 한 쌍의 바퀴벌레 모드가 되어 다정

하게 손을 잡았다.

그러나 이런 아름다운 장면을 눈뜨고 볼 수 없는 자가 있었으니, 두 번째 유혹도 실패로 돌아간 한수 비나이더였다.

"어둠의 뜻을 방해한 자에게 저주를!"

화가 머리끝까지 치솟은 비나이더는 주문을 외우며 데빌폰을 들어 말숙이를 똑바로 가리켰다. 그러자 커다란 팔이 튀어나와 말숙이의 몸통을 휘어 감고 데빌폰 속으로 들어가 버렸다. 악마라고는 하나 마음 약한 비나이더가 한 번도 쓰지 않던 초강력 저주, '봉인' 기능이었다.

노빈손은 무릎을 꿇고 털썩 주저앉을 뿐 놀라서 비명도 지르지 못했다.

오늘은 독일뿐 아니라 세계적으로도 소중한 유산을 남겨 준 네 분의 출연자들을 모셨습니다. 다들 괴짜라고 소문이 난 분들이죠?

노빈손 · 첫 번째 초대 손님은 독일에서 가장 아름다운 성을 지으신, 그것도 네 개나 지으신 바이에른 왕국의 국왕 루트비히 2세입니다. 폐하의 인생에서 가장 중요한 사건은 무엇이었습니까?

루트비히 · 열여섯에 처음으로 바그너 오페라 〈로엔그린〉을 본 것? 슬픈 시를 좋아하는 몽상가인 나를 열광시킨 작품이었죠.

노빈손 · 그래서 바그너를 불러들여 빚도 몽땅 갚아 주고 작업할 수 있도록 해 주셨군요. 노이슈반슈타인성도 원래 오페라 공연장으로 지었다면서요. 한데 소문에는 왕의 자리를 버리고 바그너와 정치적 망명을 하려고 했다던데 사실인가요?

루트비히 · 사방에서 전쟁 냄새가 나던 여름이었소. 난 백성들을 전쟁에 끌어들이고 싶지 않아서 퇴위를 결심하고 스위스로 몰래 건너가 내 우상을 만났소. 하지만 바그너는 내가 나서지 않으면 더 큰 희생이 있을 거라며 돌려보내더군. 결국 뮌헨으로 돌아와 전쟁 동원령에 서명을 했소. 우리 바이에른은 프로이센에게 졌고. 그랬더니 프로이센 재상인 비스마르크가 프랑스와 싸우자며 또다시 백성들을 전쟁에 동원하라지 뭐요? 정치니 전쟁이니, 생각만 해도 구역질이 나는군!

노빈손 · 그래서 사람들도 안 만나고 성을 짓는 일에만 몰두하셨나요?

루트비히 · 린더호프 성은 내 몽상 속의 파라다이스를 현실로 불러오는 일이었다오. 17년이나 걸렸지만, 완공이 되고 나니 뿌듯하더군. 거기서 며칠 살아 보지도 못했지만.

노빈손 · 800년간 축적해 온 왕가의 재산을 한 세대에서 털어먹을 만큼 엄청난 비용이 들었다고 하던데요. 한데 왜 자신이 죽으면 노이슈반슈타인 성을 파괴하라고 하신 겁니까?

루트비히 · 내 평생의 작품이 사람들

의 구경거리가 되는 게 보고 싶지 않았소. 유언은 잘 지켜졌소?

노빈손 · …매년 270만 명의 관광객이 다녀가는 걸로 알고 있습니다. 잠시 광고 보시고 다음 출연자 만나 보겠습니다.

노빈손 · 우리의 어린 시절에서 결코 빼놓을 수 없는 책, 『백설공주』와 『헨젤과 그레텔』을 비롯해 수많은 동화를 쓰신 그림 형제 모셨습니다.

야코프 그림(Jacob Grimm) · 정확히 하자면 저희가 쓴 게 아니라 독일 전역을 다니며 옛날 이야기를 모아서 책으로 만들었죠. 언어학 재료를 찾다가 민간에 전해지는 이야기를 수집했는데, 나중에 그 이야기만 모아서 『어린이와 가정을 위한 이야기』를 발간했습니다. 그게 『그림 동화』라고 알려진 책입니다.

노빈손 · 하지만 두 분이 평생에 걸쳐 수집하고 다듬지 않으셨다면 『잠자는 숲 속의 미녀』, 『개구리 왕자』, 『브레멘의 음악대』, 『라푼젤』 등은 어디론가 사라져 버렸을지도 모르죠. 한데 『빨간 두건』은 프랑스의 동화 작가인 샤를 페로가 쓴 책에도 나옵니다. 그 책이 백 년 이상 빨리 나왔던데요. 설마 표절?

야코프 그림 · 그 외에도 8편 정도가 페로의 책과 유사합니다. 유

럼은 서로 얽혀 있어 떠도는 이야기가 비슷해서 그런 모양이에요.

노빈손 · 세간에는 『그림동화』가 아이들이 보기엔 너무나 잔혹하다, 끔찍하고 기괴한 얘기다, 라는 평가도 있습니다.

빌헬름 그림(Wilhelm Grimm) · 원래 동화가 아니라 민담 모음집이었으니까요. 독자를 꼭 아이들로만 생각한 책은 아니었어요. '무섭다' 고만 여기지 않고 이야기의 풍성함으로 봐 주셨으면 좋겠습니다. 기괴하고 무서운데 아름다울 수도 있고, 별 것 아닌 것 같은데 이상하게 마음에 오래가고…… 동화란 환상과 상상력으로 만들어지는 것이니까요.

노빈손 · 네, 두 분 말씀 감사합니다. 제 책에 사인 좀 해주시고요.

노빈손 · 세 번째 주인공은 과학계가 낳은 최고의 스타, 아인슈타인 박사님입니다. 천재로 알려진 박사님이 십대 시절에 낙제를 받았다면서요?

아인슈타인 · 역사, 지리, 어학에서 낙제해 졸업장도 못 받았지. 대학입학 시험에도 떨어졌고. 그때 난 군대식 학교 교육이 딱 질색이었거든. 과학과 수학 성적은 엄청 좋았다네.

노빈손 · 아 그럼, 공부를 못해도 박사님처럼 될 수 있는 겁니까?

아인슈타인 · 지식보다 중요한 건 상상력이지. 많은 사람들이 위대한 과학자를 만드는 것은 지성이라고 생각하네. 하지만 그건 틀렸어. 과학자에게 필요한 건 지성이 아니라 인격과 개성이야.

노빈손 · 박사님의 이름을 들으면 상대성이론이 자동적으로 떠오를 정도인데요. 저처럼 과학을 못하는 사람들을 위해 쉽게 설명해 주실 수 있나요?

아인슈타인 · 자네 눈앞에 예쁜 여자가 있어서 그 여자의 맘에 들기 위해 노력하고 있다고 생각해 보게. 그때는 한 시간이 일 초처럼 지나가지. 그러나 뜨거운 난로 위에 앉아 있다면 일 초가 한 시간 같을 거야. 즉 시간은 관찰자의 운동에 따라서 다르게 느껴진다는 거지.

노빈손 · 저는 예쁜 여자를 일 초만 쳐다봐도 말숙이한테 한 시간은 혼나는걸요. 아무튼 박사님은 반전과 평화운동도 활발히 펼치셨는데요. 그런 박사님의 이론이 핵폭탄에 쓰였다는 사실은 참으로 아이러니합니다.

아인슈타인 · 유대인이었던 나는 히틀러가 집권한 후에 독일 시민권을 포기하고 미국으로 건너갔지. 나는 에너지에 관한 내 이론이 순간적인 폭발로 에너지를 증가시키는 핵폭탄을 제조하는 데 쓰이리라고는 상상도 못 했네. 독일에서 핵을 만든다는 소식을 듣고 루스벨트 대통령에게 편지를 썼지. 독일보다 빨리 핵실험에 성공

을 하되 핵폭탄을 쓰진 말고 겁만 주자고 말야. 그런데 실험이 성공했더니 독일은 항복해 버렸고 미국은 끝까지 저항한 일본에게 핵폭탄을 떨어뜨리더군. 나는 엄청난 충격을 받았다네.

노빈손 · 서글픈 이야기군요. 기술의 발달이 수많은 희생자를 낼 수 있다는 것을 과학자들도 똑똑히 알아야 할 것 같아요.

아인슈타인 · 인생은 자전거를 타는 것과 마찬가지지. 균형을 잡으려면 계속 움직여야 해. 우리가 만들어가는 문명도 한쪽으로 치우치지 말고 균형 있게 발전해야 한다는 게 내 생각일세.

노빈손 · 좋은 말씀 감사합니다.

노빈손 · 마지막으로 모실 손님은 1946년 노벨문학상 수상 작가인 헤르만 헤세입니다. 헤세 선생님의 작품은 특히 청소년들에게 많은 영향을 미친 걸로 유명한데요. 왜 십대들이 그렇게 열광한다고 생각하세요?

헤르만 헤세 · 저는 예민한 성격이라 자퇴, 자살 시도, 신경쇠약증으로 인한 정신요양원 생활 등 풍파를 많이 겪었지요. 그런 제 자신의 경험과 극복과정이 글에 나타나 있는데, 이것이 아마 질풍노도의 시기인 청소년들에게 많은 공감을 산 것 같습니다.

노빈손 · 제가 가장 좋아하는 선생님 작품은 『데미안』인데요, 특히 '새는 알에서 나오려고 투쟁한다. 알은 세계이다. 태어나고자 하는 자는 하나의 세계를 깨뜨려야 한다. 새는 신에게로 날아간다. 그 신의 이름은 아프락사스.' 이 구절을 읽으면서 왠지 모를 충격과 함께 마음이 두근거렸습니다.

헤르만 헤세 · 인간은 양면적인 존재입니다. 세상도 그렇고 사물도 그렇지요. 저는 평생 빛의 세계와 어둠의 세계, 이성과 감성, 선과 악, 신성과 마성을 관찰했고 그것의 조화를 꿈꾸었습니다. 아프락사스는 양면성을 지닌 존재라는 뜻도 있겠지만 그보다는 자신의 내면이라고 읽혔으면 좋겠군요.

노빈손 · 성장소설의 대표적인 작가로서 독자들에게 한 말씀 해 주세요.

헤르만 헤세 · '성장소설'이라고 하면 청소년기에만 읽는 것이라는 편견이 있습니다. 그러나 인간은 몸의 성장을 마친 후에도 영원히 내면의 성장을 이어가는 존재입니다. 자신만의 기준을 찾고, 자신의 내면의 목소리를 들으며 마침내 온전한 자기 자신이 되는 일은 평생을 두고 끝나지 않는 숙제와도 같죠. 여러분도 자신의 알을 깨고 고통스럽지만 행복한 자기 비행을 하시기 바랍니다.

노빈손 · 귀한 말씀 감사합니다. 지금까지 왕과 과학자, 작가들을 만나느라 머리에 쥐가 날 뻔한 노빈손이었습니다.

3
절대 권력
벽?
그런거 부수는건
자신있다!
Berlin Wall
100t

# 나인 선생의 작업장

베를린에 도착한 노빈손이 나인 선생의 작업장을 찾는 데에는 시간이 좀 걸렸다. 나인 선생의 본명은 요제프 츠빙글러로, 석공의 작업장에는 본명이 붙어 있었기 때문이다. 비나이더가 본명이 아닌 별명으로 가르쳐 주었기 때문에 베를린에 도착해서도 며칠을 더 써 버린 것이다.

"당신 여자 친구는 제가 봉인해 두었습니다. 제 말을 듣지 않으면 영원히 데빌폰 안에 갇혀 버릴 겁니다."

"…내가 어떻게 해야 풀어 주겠어?"

"베를린에 가서 나인 선생을 찾아봐요. 거기에 당신이 만나야 할 사람이 있으니까."

'세 번째 유혹이구나.'

노빈손은 직감적으로 알아차렸다. 그리고 자신을 지켜 주려다 큰 위험에 처한 말숙이를 꼭 구해 내야겠다고 결심했다.

'난 자신 있어. 어떤 유혹이 와도 넘어가지 않고 말숙이를 구해 낼 거야!'

이렇게 다짐하고 하이델베르크를 떠나 베를린으로 온 것이다. 그런데 오자마자 시간을 지체했으니 속이 탔다.

노빈손이 나인 선생이 있는 작업장의 문을 두드리자 한 남자가 문을 열어 주었다.

"실례합니다. 여기가 마이스터 나인 선생님이 계시는 석재 작업
장인가요?"

"맞는데 누구세요?"

"도제가 되기 위해 왔습니다."

"나인(Nein. 안 돼)!"

안에서 다른 남자의 목소리가 났다. 이어 누군가를 몹시 야단치
는 소리가 들려왔다.

"지금은 선생님 심기가 불편하시니 내일 오세요."

노빈손은 츠빙글러 씨의 별명이 왜 '나인 선생'인지 알 것 같았
다. 도제들을 아주 엄격하게 가르치는 선생, 츠빙글러가 가장 많이
쓰는 말이 바로 '나인'이었던 것이다.

다음 날 노빈손은 다시 작업장 문을 두드
렸다. 백발에 꼬부랑 허리인 나인 선생은
생각보다 무척 늙으신 분이었다. 그러나 외
알 안경 속에 번쩍이는 눈동자는 청년의 눈
빛 못지않았다.

나인 선생은 우시장에 나온 소 보듯 노빈
손을 꼼꼼히 관찰하더니 '인내심이 있어 보
인다'며 제자로 받아 주었다.

"내 작업장에선 두 가지 규율만 지키면
된다. 첫째, 내 허락 없이 돌에 손을 대지
말 것. 둘째 내 말에 질문하지 말 것. 오로

지 '예' 라고 답하고 복종해야 한다. 알았나?"

"예, 마이스터!"

노빈손은 부동자세로 우렁차게 대답했다.

"그럼 작업반장에게 가서 연장과 작업복을 받아 오너라."

이 대 팔 가르마에 포마드를 발라 한 올도 빠져나오지 않게 머리를 다듬은 작업반장 수틀러는 몹시 깐깐한 인상이었다. 코 밑에는 실제 나이보다 좀 더 원숙해 보이기 위해 가짜 콧수염을 붙이고 있었다. 네댓 명의 추종자들에 둘러싸인 수틀러는 노빈손을 보자 씩 웃었는데, 그 미소는 토끼를 통째로 삼키기 직전 호랑이가 지을 법한 미소였다.

"작업장에서는 나인 선생님이 왕이지만, 숙소에서는 수틀러가 왕이야. 알간?"

수틀러의 왼쪽에 선 땅딸막한 헤스가 먼저 말을 꺼냈다.

"목에 철심을 박았나, 왜 이리 뻣뻣해?"

오른쪽에 선 괴벨스 역시 고압적인 자세로 노빈손의 기를 꺾으려 했다. 수틀러는 두 사람이 하는 모습을 여유 있게 지켜본 뒤 입을 열었다.

"어디서든 내 목소리가 들려오면 일 분 내로 즉시 튀어온다. 여기서 잘 지내려면 내 말이 법이라는 걸 명심해. 수가 틀리면 어떻게 변할지 모르는 게 나니까. 넌 무슨 특기가 있지?"

"딱히 없는데⋯⋯. 팔 힘이 세다는 거?"

노빈손은 천하무적이 된 왼쪽 검지를 떠올리며 말했다. 수틀러가 턱짓을 하자 괴벨스가 손가락을 우두둑 꺾으며 앞으로 나왔다.

"어디, 간이나 볼까."

그러자 좌우의 도제들이 노빈손을 불쌍하다는 눈으로 쳐다보았다. '뭣 모르는 것이 안됐구먼', '손목 부러지는 건 시간 문제야'라는 눈빛이었다.

팔씨름은 척 보기에도 덩치 큰 괴벨스가 유리해 보였다. 그러나 시작하자마자 빈손은 너무도 쉽게 괴벨스의 팔을 넘겼다.

"악!"

외마디 비명을 지르며 손목을 잡고 뒹구는 괴벨스를 보자 다들 눈이 휘둥그레졌다.

"돌주먹 괴벨스를 꺾다니 보통 놈이 아닌데?"

"저런 힘이면 대리석도 고무찰흙 만지듯 하겠어."

유일하게 태도를 흐트러뜨리지 않고 꼿꼿하게 서 있던 수틀러는 노빈손에게 굉장한 은혜를 베푼다는 듯이 말했다.

"널 '낙지스 기사단' 예비 단원에 넣어 주겠다. 이제부터 우리와 함께 다니는 거야."

"아는 사람도 없는데 그러지 뭐. 근데 낙지스 기사단이 뭐야?"

"알려 줘라."

하켄크로이츠 卐

갈고리 십자가는 히틀러에 의해 나치당의 상징이 됐지만 원래는 '룬 문자'라고 불리는 고대 게르만의 상징 기호였다. 이처럼 히틀러는 고대의 여러 상징들을 군대에 가져다 썼는데 오른팔을 높게 들어 경례하는 경례법도 로마제국군의 경례법에서 빌려 쓴 것이다. 현재 하켄크로이츠는 독일에서 사용할 수 없도록 법으로 금지되어 있어 이 모양의 물건을 가지고 있는 것만으로도 처벌을 받는다. 그러나 백인 우월주의자들은 여전히 갈고리 십자가를 변형한 상징물을 쓰고 있다.

수틀러의 거만한 명령에 헤스가 나서서 설명했다.

"수틀러가 만든 엘리트 모임이야. 먹으면 절로 힘이 솟는 낙지에 하켄크로이츠를 그려 넣은 게 우리 상징이지. 녀석, 표정을 보니 말도 못하게 감격한 모양인데?"

이렇게 해서 노빈손은 얼떨결에 수틀러의 엘리트 모임 일원이 되었다.

# 낙지스 기사단의 횡포

노빈손의 괴력의 검지는 특히 커다란 돌이 덩어리째로 들어오는 날에 실력을 발휘했다. 조각같이 섬세한 작업과는 담을 쌓았지만 커다란 돌을 가공하기 좋게 자르고 다듬는 일을 순식간에 해치우기 때문이었다. 누워서 떡 먹기처럼 쉬운 일이라 노빈손은 낙지스 기사단 친구들의 돌까지 척척 다듬어 주었다.

"나인! 삐뚤어졌잖아!"

채석장 한구석에 마련된 작업장에서는 종일 돌을 쪼는 소리가 들려왔다. 새로 들어온 주문은 정원을 장식할 포도덩굴의 문과 독수리 석상을 만드는 일이었다. 나인 선생은 정을 쓰는 법과 돌의 성질을 파악하는 법을 설명하면서 이렇게 말했다.

"우린 돌로 독수리를 만드는 게 아니라 돌 속에 잠든 독수리를 깨우는 거야. 그 새를 자유롭게 해 주는 일이 너희 손에 달린 것이다. 알았나?"

"예!"

돌가루가 눈에 들어가 수시로 눈을 깜박거리면서도 다들 우렁차게 대답했다. 모두

들 마이스터가 되는 날을 꿈꾸며 청춘을 바치는 사람들이었기 때문
에 선생에게 심하게 야단을 맞아도 아무런 원망을 하지 않았다. 딱
한 사람, 수틀러만 빼놓고는.

'내가 마이스터가 되면 당신은 끝이야.'

당연히 작업반장이자 수제자인 자신에게 마이스터 자리가 돌아
올 거라고 생각한 수틀러는 선생의 은퇴 날짜만 손꼽아 기다리는 중
이었다. 수틀러는 심술궂게 콧수염을 실룩거렸다.

작업반장으로서 수틀러의 영향력은 막강했다. 나인 선생 앞에서
는 공손했지만 돌아서는 순간 차갑게 돌변하는 수틀러는 도제들의
생활을 좌지우지했다. 또 수틀러는 매일매일 자기 시중을 들게 될
부하를 정해 두었다. 청결을 중시하되 스스로 치우는 건 싫어하는
수틀러를 위해 온종일 따라다니며 인간 청소기 노릇을 해야 하는 것
이다. 수틀러가 지나가면 빗자루로 쓸고 닦고 하는 부하의 모습은
마치 동계올림픽에서 본 컬링 경기 선수 같았다.

수틀러의 힘을 등에 업은 낙지스 기사단
의 횡포도 만만찮았다. 수시로 점호 시간을
만들어 주변 정리정돈이 잘됐는지, 연장이
나 작업대가 깨끗하고 완벽하게 손질되어
있는지 검사했는데 그 날카로운 감시의 눈
을 빠져나갈 구멍이 없었다. 숙소 청소를
못했다고, 빵 가장자리를 태웠다고, 작업
중간에 떠들었다고 갖은 트집을 잡아 들들

빙판에 얼음 알갱이를 뿌려 놓고
'컬링스톤'이라는 둥글고 납작한
돌을 굴린 후 '브룸'이라는 빗자
루같이 생긴 솔로 돌의 앞길을
닦아 원 안에 넣는 경기. 동계올
림픽 정식 종목이다. '브룸'이라
는 솔로 어떻게 얼마나 닦느냐에
따라 돌이 굴러 가는 방향과 속
도가 달라진다.

볶았는데 갖다 붙인 평계를 일일이 열거하자면 종이 백 장이 모자랄 지경이었다. 여덟 개의 다리로 한껏 들러붙은 낙지처럼 징그러울 정도였다.

이 모든 일에 열외인 노빈손의 마음은 편치 않았다. 들어온 지 얼마 되지 않은 노빈손은 당연히 신입 도제들 틈에 있어야 하지만 수틀러가 찜한 덕에 자질구레한 의무사항에서 모조리 벗어나 있었기 때문이다.

하지만 노빈손이 낙지스 기사단의 예비 단원 자리를 박탈당한 건 그로부터 얼마되지 않아서였다.

외국인 도제들만 쓰는 방의 점호 시간이었다. 순수한 게르만 혈통이 최고라고 믿는 수틀러는 외국인 보스만과 하만, 실력은 좋으나 소심한 헤르만, 뚱뚱하고 성격 좋은 클린스만, 몸이 약한 바우만을 싸잡아 '오만'이라고 부르며 한 방에 몰아넣고 걸핏하면 불러 자신의 스트레스를 푸는 도구로 삼았는데 그날도 예외가 아니었다.

자기 방을 치워 놓으라고 시킨 수틀러는 검사에 나섰다. 하얀 면장갑을 끼고 방을 샅샅이 훑더니 장갑에 묻은 먼지를 보이며 언성을 높이기 시작했다.

"귀에 못이 박히도록 말했지? 방에 먼지 하나 없이 치워 놓으라고. 항상 깨끗해야

독일에서는 부모가 있는 앞에서 "아이들 혈액형이 뭐예요?"라고 물으면 큰 실례가 된다. 친자식이 맞는지 의심하는 것처럼 보이기 때문에 상대방의 기분을 상하게 하는 일이다. 어차피 합리성을 중시하는 독일인들 앞에서 "A형은 소심하고 B형은 다혈질이에요" 같은 말을 해 봤자 씨도 안 먹힐 것이다.

한다고. 먼지 같은 놈들, 먼지 나게 맞아 볼래?”

석공 견습생들은 항상 돌을 끼고 사는 사람이다. 그런 사람들이 지내는 공간에 먼지가 하나도 없는 것은 불가능에 가까운 일이다. 그런데도 수틀러는 정신교육을 시킨다며 회초리를 찾고 있었다. 낙지스 기사단에 섞여 이 모습을 지켜 본 노빈손은 더 이상 참을 수가 없었다.

“그만하지. 돌가루 풀풀 날리는 곳에서 흰 장갑 끼고 먼지 찾는 게 말이 돼? 생트집 그만 잡아.”

사방이 물을 끼얹은 것처럼 고요해졌다. 지금껏 누구도 수틀러의 말에 토를 단 사람이 없었다. 모두 얼음장처럼 굳어 버렸으나 수틀러 혼자 생각에 잠긴 표정으로 지그시 콧수염을 만지며 노빈손을 돌아보았다.

“얼굴 노란 놈을 끼워 줬더니 배은망덕도 유분수지. 이래서 외국인들은 안 돼. 이제부터 넌 이 방에서 지내라. 앞으로 어금니 꽉 물고 다니는 게 좋을 거다.”

그날부터 낙지스 기사단은 노빈손을 쥐잡듯 잡았다. 누구보다 빨리 일어나 가장 늦게 잠자리에 들 때까지 노빈손은 온갖 허드렛일을 도맡아해야 했다. 그래도 구박 받으며 ‘오만’ 들과 지내는 것이 찜찜한 특권을 누리는 것보다 마음은 편했다.

경상남도 남해에 가면 독일식 주택 30여 채가 서 있는 ‘독일 마을’이 있다. 이곳은 1960년대에 독일에 일하러 갔던 광산 노동자, 간호사들이 고국에 돌아와 정착할 수 있도록 만든 마을이다. 해외에 나가 외화를 벌어들인 노동자들이 우리나라의 경제 부흥에 큰 몫을 했기 때문에 정부에서 직접 조성한 것이다.

차기 마이스터 경합

"새로 들어온 주문은 돌로 된 사자 다섯 마리다. 이번엔 내가 손을 떼겠다."

어느 날 나인 선생은 도제들을 모아놓고 특별한 제안을 했다.

"이번 의뢰는 다섯 명의 도제를 뽑아서 맡기겠다. 가장 뛰어난 작업을 한 사람을 수제자로 삼아 내 기술을 모조리 전수할 생각이다. 알다시피 난 은퇴가 얼마 남지 않았어. 새 마이스터를 뽑을 시기가 된 거지."

선생의 말이 끝나자 도제들은 서로를 쳐다보며 술렁거렸다. 선생은 실력이 뛰어난 다섯 명의 제자들을 차례로 호명했다. 그 중에는 수틀러와 오만 중 하나인 헤르만도 포함되어 있었다.

'당연히 차기 마이스터는 나지.'

수틀러는 속으로 이렇게 생각했다. 사소하게 맘에 걸리는 게 있다면 헤르만의 실력이 자기보다 뛰어나다는 것이었다.

"수틀러, 우리가 할 일이 뭐지?"

수틀러의 오른팔과 왼팔인 헤스와 괴벨스가 다가와 늘 그랬듯 지시를 기다렸다. 수틀러는 씩 웃으면서 두 사람에게 뭔가를 속삭였다.

작업 마감이 사흘밖에 남지 않은 밤, 수틀러의 사주를 받은 괴벨스가 망치를 들고 몰래 작업장에 숨어 들었다.

"건방진 외국인에게 본때를 보여 주지."

그러고는 헤르만이 거의 다 완성한 사자의 코를 깨부수기 시작했다. 얼마 후 헤르만이 만든 사자는 형체를 알아볼 수 없을 정도로 망가지고 말았다. 괴벨스는 땀을 닦고 어둠 속으로 사라졌다.

다음 날 노빈손은 작업실에서 흘러나오는 울음소리를 들었다.

"무슨 일이야?"

헤르만은 처참하게 망가진 사자 상을 가리키며 괴로워했다.

"난 끝장이야. 이곳에 들어온 지 십 년도 넘었지만 장인이 되기는 다 틀렸어."

"기운 내! 돌은 얼마든지 있잖아. 처음부터 다시 하면 돼."

"사흘밖에 남지 않았는걸. 돌을 다듬는 것만도 이틀은 걸려."

"그건 내가 도와줄게."

노빈손은 주먹을 불끈 쥐고 나가서 큼지막한 새 돌을 작업장까지 운반했다. 그러나 네모난 돌을 몇 번 내리치던 헤르만은 힘없이 팔을 내렸다.

"역시 안 되겠어. 사자의 윤곽을 잡다가 끝나고 말 거야."

"이렇게 하면 되는 거야?"

빈손은 망치를 내려놓고 쾰른의 공사 현장에서 입증된 괴력의 검지로 돌을 꾹꾹 누르기 시작했다. 용의 피에 담갔던 빈손의 검지가 닿자 단단한 대리석이 마른 진흙처럼 무너지며 사자의 모양이 잡혀 갔다.

"너 정말 힘이 장사구나!"

"엄밀히 말하면 한 손가락만 그래. 암튼 포기하지 마."

"좋았어."

헤르만은 힘차게 망치와 정을 들었다. 노빈손이 대충 만져 놓은 곳에 헤르만이 섬세한 세공을 하기 시작한 것이다. 둘은 땀을 뻘뻘 흘리며 열심히 작업에 몰두했다.

선전선동의 귀재, 괴벨스

괴벨스는 나치 정권에서 '국민 계몽 선전부 장관'을 맡았던 히틀러의 최측근이다. 괴벨스는 대학에서 박사학위를 받은 지식인으로 라디오와 TV를 이용해 정치선전을 한 최초의 인물이다. 그의 전략 때문에 많은 독일인들은 라디오에서 나오는 말만 믿고 자신들이 패망하는 줄도 모르고 있었다. 히틀러가 자살한 다음 날 연합군에게 포위된 지하벙커 안에서 아내와 여섯 아이들과 함께 자살했다.

153

순식간에 사흘이 지나가고 최종 심사의 날이 밝았다.

하얀 천에 덮인 다섯 개의 사자 상이 모두가 보는 앞에 놓였다. 헤르만이 자신 있는 표정으로 작품 앞에 서 있자 수틀러는 괴벨스의 옆구리를 쿡 쳤다.

"일은 제대로 처리한 거야?"

"무, 물론이야. 엉터리 작품일 거야."

이윽고 나인 선생의 지시가 내려졌다.

"천을 벗겨라. 심사를 시작하겠다."

천이 벗겨지자 도제들은 동료의 훌륭한 솜씨에 감탄하는 탄성을 질렀다. 외알 안경을 꺼내 쓴 나인 선생이 다섯 마리의 돌사자 주변을 천천히 돌며 날카로운 눈으로 세공 정도를 심사하기 시작했다.

수틀러가 만든 사자도 멋졌지만 헤르만의 사자는 정말 예술의 경지였다. 금방이라도 튀어나올 것 같은 앞발, 바람에 날리는 풍성한 갈기, 위엄이 넘치는 눈과 날카로운 이빨이 돌로 만든 것이라고는 믿어지지 않을 만큼 섬세한 작품이었다.

"나쁘지 않군. 넌 마이스터가 될 자격이 있어."

칭찬에 인색한 나인 선생마저 만족스러운 표정으로 헤르만의 어깨를 두드려 주었다. 헤르만은 모든 칭찬을 자기만 받는 것이 마음에 걸려 선생에게 고했다.

"사실은 누군가가 제 작품을 망가뜨려서 처음부터 다시 만들었습니다. 노빈손이 돌을 다듬는 것을 도와 주었어요."

"노빈손? 재주가 없는 녀석인 줄 알았는데, 제법이구나."

껄껄 웃는 나인 선생의 웃음소리가 작업장에 울려 퍼졌다. 그러나 따라서 웃는 사람은 노빈손과 헤르만밖에 없었다. 다들 수틀러의 눈치를 살피느라 제대로 축하도 하지 못하는 것이다.

'헤르만 따위가 내 자리를 차지한다고? 그렇게 되도록 둘 것 같으냐! 그리고 노빈손 저 자식은……'

지금까지 이 작업장에서 수틀러를 무시한 사람은 아무도 없었다. 그런데 노빈손이 자기의 뜻을 어기고 헤르만을 도왔을 뿐더러 차기 마이스터 자리까지 날아가게 만들었으니 당연히 본때를 보여 줘야 했다. 수틀러는 그 어느 때보다 완벽하게 가르마를 타고 가짜 콧수염을 손질하면서 복수의 칼을 갈았다.

영혼을 판 수틀러

그날 밤 침대에 누운 수틀러는 분통이 터져 소리를 질렀다.

"마이스터는 나야. 이건 말도 안 돼!"

그때 어둠 속에서 더 짙은 어둠이 형체를 이루더니 수틀러에게 다가왔다. 바로 비나이더였다.

"수가 틀리면 뭐든 할 수 있는 인간이여. 너에게 기회를 주기 위해 내가 왔다."

“넌 누구냐?”

“바라는 일을 들어줄 수 있는 자.”

침대에 누운 수틀러는 자기가 꿈을 꾸는 것이라고 생각했다. 하지만 꿈에서조차 간절히 바라는 일이 있긴 했다.

“노빈손을 혼내 주고 싶어. 아니, 그 누구든 내 말에 절대 복종했으면 좋겠어. 세상이 날 우러러보고 내 말이라면 찍소리도 못하고 벌벌 떠는 거. 그럴 수만 있다면 얼마나 좋을까?”

“최고의 권력을 갖고 싶다는 말이군.”

“그렇지!”

비나이더의 말에 수틀러가 맞장구를 쳤다. 그러다 황급히 덧붙였다.

“하지만 이딴 말이 무슨 소용이야? 난 마이스터도 되지 못한 일개 도제에 불과한데. 또 아직은 어른이 아닌 청소년이고…….”

“영혼을 지불하면 권력은 네 것이 된다.”

비나이더의 말이 떨어지기가 무섭게 허공에 빛에 감싸인 영혼 계약서와 깃털 펜이 나타났다. 수틀러는 한 발 다가가 종이에 적힌 글을 읽어 보았다.

“영혼 계약서라.”

두서너 줄 읽어 보던 수틀러는 서슴없이 깃털 펜을 잡았다.

“어차피 난 나 외에 어떤 것도 믿지 않아. 이 문서가 사실이라면 열 번이라도 사인할 수 있어.”

수틀러는 망설임 없이 서명을 휘갈겼다. 비나이더는 수틀러의 서

명이 담긴 계약서를 둘둘 말아 품에 넣었다. 계획이 착착 진행되자 절로 웃음이 나왔다.

'노빈손도 저렇게 말을 잘 들으면 얼마나 좋아? 하긴, 쉬운 놈이면 특별 과제일 리가 없지. 어쨌거나 수틀러는 노빈손을 자극시킬 훌륭한 미끼야.'

일이 끝나자 비나이더는 수틀러에게 황금 반지를 내밀었다.

"자, 이 반지를 껴라."

언젠가 자구프리트 왕자의 손에 있던 니벨룽의 반지. 뭐든 이루어지고 끝없이 재물이 나오지만 결국 주인을 파괴하고야 마는 저주 어린 물건. 이 반지는 수백 년을 지나는 동안 차례차례 주인을 바꾸고 있었다. 비나이더는 시간여행을 통해 이 반지를 손에 넣어 두었던 것이다.

한수 비나이더는 니벨룽의 반지를 손가락에 끼면 무슨 일이 일어날지 잘 알고 있었다. 반지는 사람의 탐욕스러운 마음을 더욱 크고 걷잡을 수 없게 만들어 버린다. 이제 수틀러의 야심은 끝을 모르고 타오를 것이다.

다음 날 나인 선생이 작업장 한쪽에서 헤르만에게 특별 지도를 막 시작하려 할 때였다.

수틀러가 손에 낀 반지에 입을 맞추었다. 그리고 비나이더가 가르쳐 준 주문을 외우며 반지를 낀 손으로 선생을 가리켰다.

"헉!"

나인 선생이 망치를 툭 떨어뜨리더니 배를 잡고 푹 쓰러졌다.

"선생님!"

입을 벌린 채 쓰러진 나인 선생은 말을 할 수도, 몸을 움직일 수도 없었다. 다들 선생 주위로 몰려들어 찬물을 뿌려 보고 온몸을 주무르는 등 정신이 없었다.

'꼴좋군. 외국인을 차기 마이스터로 삼은 벌이다. 당신이 가진 건 모두 내 것이 된다.'

수틀러는 입을 가리고 슬며시 웃었다.

니벨룽의 반지

선생이 쓰러진 이후 작업장의 분위기는 완전히 바뀌었다.

우선 새로운 마이스터 자리에 예정되어 있던 헤르만 대신 수틀러가 올라갔다. 헤르만이 괴한의 습격을 받아 오른손을 다쳤기 때문이다. 선생과 차기 마이스터가 쓰러지자 작업반장인 수틀러는 평소 눈엣가시로 여기던 도제들을 멋대로 요리하기 시작했다.

"보스만과 하만. 너희들은 도제의 시중만 들 뿐, 망치는 잡을 수

158

없다. 월급은 반으로 깎겠다. 싫으면 나가."

수틀러의 첫 번째 목표는 외국인의 피가 섞인 도제들이었다.

"바우만, 넌 내 식사 준비를 비롯한 장보기, 집안일이나 해라. 클린스만, 넌 살을 못 빼면 두 달 후 내보낼 줄 알아."

바우만과 클린스만, 헤르만도 수틀러의 구박을 피해 갈 수 없었다.

"노빈손, 넌 기술은 일절 배울 수 없다. 힘쓰는 일만 하도록 해. 지금부터 호명하는 사람들도 마찬가지고."

수틀러의 명령에 따라 작업장은 아예 두 팀으로 나뉘었다. 낙지스 기사단을 비롯해 수틀러의 말을 잘 듣는 A팀이 중요한 작업을 맡고, 나머지 B팀은 힘만 들 뿐 기술은 전혀 익힐 수 없는 허드렛일만 떨어졌다. 월급 역시 A팀의 절반밖에 받지 못했다.

"내 말을 듣기 싫은 사람은 당장 꺼져 버려!"

그러나 몇 년씩 몸담은 작업장을 나갈 도제는 없었다. 다른 곳으로 가면 다시 바닥부터 시작해야 하기 때문에 아무도 수틀러에게 맞서지 못했다.

작업장을 장악한 수틀러는 다음 단계를 진행해야겠다고 생각했다.

비나이더의 바람대로 수틀러는 계획을 착착 진행하고 있었다. 니벨룽의 반지가 수틀러의 마음에 더욱 큰 야심을 불어넣었기 때문에 이제 석공 마이스터 자리에 만족할

독일 사람들은 일주일이나 한 달 동안 먹을거리를 한꺼번에 장을 본다. 옷은 계절이 바뀔 때 두세 벌씩 사 입고, 입지 않는 옷은 불우 이웃이나 제3세계의 난민들을 위해 깨끗이 세탁하여 보낸다. 계획적인 생활이 몸에 밴 독일인들이기 때문에 은행이나 우체국 같은 곳에서는 제시간에서 1분이라도 넘기면 일을 볼 수 없다.

수틀러가 아니었다.

우선 수틀러는 산을 끼고 있는 채석장을 사들여 작업장의 규모를 열 배로 키웠다. 그 돈이 어디서 났는지는 비나이더만 알았다. 그다음에는 작업장을 둘로 나누기 위해 벽을 세울 것을 지시했다.

"이게 왜 필요하지?"

노빈손을 비롯한 도제들은 시키는 대로 벽을 쌓으면서도 이유를 알 수 없어 어리둥절했다. 높이가 15미터도 넘는 거대한 장벽이 생기는 바람에 작업장은 감옥 같은 분위기를 풍겼다. 장벽이 생기고 나자 수틀러는 도제들을 A팀과 B팀으로 나누었다. 그리고 B팀을 장벽 너머의 좁은 곳으로 쫓아낸 후 거기에서만 일을 하라고 명령했다. 이후 노빈손이 속한 B팀 사람들은 A팀이 있는 장벽 너머로 넘어가지 못했다.

수틀러는 야심을 현실로 만들기 위한 본격적인 시동을 걸었다. 낙지스 기사단을 모아놓은 수틀러는 다른 길드까지 손에 넣겠다는 구상을 발표했다.

"그냥 석공 작업장만 떡 주무르듯 하는 게 좋지 않겠어? 반발도 만만찮을 텐데."

"그릇이 작아 슬픈 짐승이여. 돌덩이만 만지다가 인생 끝낼 건가."

헤스의 말에 수틀러는 쯧쯔 혀를 차며 베를린의 길드를 모조리 파악해 오라고 시켰다. 길드란 장인들의 동업자 조합으로, 베를린에는 석재 장인들의 길드 외에 금속 장인 길드, 섬유 장인 길드 등 다양한 길드가 있었다.

"필요한 돈은 얼마든지 말만 해."

수틀러는 낙지스 기사단들에게 큰소리를 땅땅 쳤다. 반지에 입을 맞추고 주문을 외우면 얼마든지 금화가 나왔기 때문이다.

한편 장벽 너머에서 이런 일이 벌어지는지 전혀 모르고 있는 노빈손과 B팀들은 두 배로 늘어난 작업량 때문에 허리가 휠 지경이었다.

 ## 전쟁의 기운

이제 같은 도제였던 동료들의 상관으로 군림하기 시작한 수틀러는 A팀 전원을 모아놓고 앞으로의 계획을 밝혔다.

"우리는 곧 무장을 한다."

첫 마디의 반향은 컸다. 도제들은 무슨 뜻인지 알 수 없어 어리둥절한 표정이었다. 여태껏 돌로 된 동상을 만든다거나 건물에 들어갈 조각을 만들던 사람들인데 느닷없이 무기를 든다니 무슨 말인가?

"베를린의 다른 길드도 합류할 거야. 부족한 병사의 수는 돈을 주고 고용한 용병으

상공업자들의 연합, 길드

중세 시대에, 상공업자들이 만든, 서로 도와 주는 단체. 11세기에 결성된 길드는 중세 영주의 권력에 대항하면서 도시의 정치적·경제적 실권을 쥐었으나, 근대 산업의 발달과 함께 16세기 이후에 쇠퇴하였다. 중세의 길드는 일반적으로 상인 길드나 수공업 길드였다. 길드의 역할은 상품의 질과 거래 기준을 세우고 유지했으며 거래 상품의 안정된 가격의 유지를 위해 힘쓰고, 소속된 사람들의 권리와 이익을 보호하는 것이었다.

로 채울 것이다.”

“하지만 뭐 때문에요?”

도제 중의 하나가 나서서 물었다. 공손한 존댓말이었다. 이제 수틀러에게 반말을 하는 사람은 아무도 없었다.

“베를린을 정복하기 위해서.”

수틀러는 자기 말이 불러오는 파장을 즐기며 느긋하게 말을 이어 나갔다.

"그다음엔 한자동맹에 가입했던 역사적인 도시들을 하나하나 손에 넣을 것이다. 전 독일을 다스리는 거야. 그때가 되면 너희들은 한낱 도제가 아니라 나라를 다스리는 중요한 사람들이 될 것이다."

수틀러의 연설은 멋지게도 들렸고 뜬구름 잡는 얘기처럼도 들렸다. 한 가지만은 확실했는데 연설을 듣고 있는 자신이 뭔가 대단히 중요한 존재가 된 듯한 느낌을 준다는 것이었다. 상기된 표정의 괴벨스가 벌떡 일어나 큰 소리로 외쳤다.

"예! 수틀러."

가장 먼저 충성을 맹세한 괴벨스는 수틀러와 미리 짠 각본대로 금화 20개씩을 모두에게 나눠 주었다. 수틀러가 평민이 아니라 귀족이라는 소문이 더욱 널리 퍼졌다. 귀족이 아니고서야 그 많은 돈을 뿌려 댈 수 없기 때문이다.

한편, 장벽 너머로 갖가지 자재들이 실려 가자 노빈손과 다른 친구들은 용도가 무엇인지 무척 궁금했다.

"저 안에선 대체 무슨 일이 벌어지고 있는 걸까?"

노빈손이 절대로 참지 못하는 것이 두 가지 있다. 첫째는 배고픈 것이고 둘째는 궁금한 것이다. 월급이 줄어 배도 고픈데다 돌아가는 판세가 궁금해진 노빈손은 좀이 쑤셨다.

"으~ 궁금해서 못 참겠다. 내가 장벽 너머를 살짝 들여다보고 올
게."

"괜한 짓 하지 마. 요즘 수틀러가 아주 이상해졌다니까."

"알았어."

친구들이 걱정 어린 만류를 하자 일단 노빈손은 가만있겠다고 대
답했다.

그러고는 그날 밤 어둠을 틈타 몰래 장벽으로 다가갔다. 15미터
가 넘는 장벽을 어떻게 올라갈까 궁리하던 노빈손은 도저히 불가능
하다는 것을 알았다. 대신 건축자재들이 드나드는 문 쪽으로 다가가
벽을 넘을 방법을 얻었다.

새벽 무렵이 되자 건축자재를 잔뜩 실은 수레가 무거운 바퀴 소
리를 내며 다가왔다. 노빈손은 수레에 몰래 올라가서 숨었다.

한참 후, 주변에서 요란스러운 망치 소리가 나자 노빈손은 수레
에 실려 있던 통나무 사이로 고개를 내밀었다.

'대체 뭘 만들기에 이렇게 비밀스럽게 하는 걸까?'

맨 처음 눈에 들어온 것은 커다란 대포였다.

그 뒤로는 수많은 대장장이들이 판금 갑옷을 만들고 있었다. 한
쪽에서는 펄펄 끓는 쇳물을 부어 기다란 창과 총을 만드는 모습도
보였다. 뒤에는 탄약도 즐비했다. 30년 전쟁에 휘말려 본 적이 있는
노빈손은 단번에 장벽 안에서 무슨 일이 벌어지고 있는지 알 수 있
었다.

'전쟁 준비를 하고 있는 거야!'

쇠를 다루는 장인은 무기를 만들고, 옷을 짓는 장인은 군복을 만들고 있었다. '새로운 독일을 만드는 애국 길드 연합'이라는 이름으로 모인 장인들이 각자 기술을 이용해 군사 물자를 만드느라 여념이 없었다.

수틀러는 이 모든 것이 잘 만들어지는지 돌아다니면서 살펴보고 있었다. 머리는 여전히 이 대 팔 가르마지만 풍성한 새 콧수염에 벨벳으로 된 고급 옷을 걸친 수틀러는 전혀 다른 사람처럼 보였다.

노빈손 앞을 지나갈 때 수틀러의 손에서 보석이 박힌 황금 반지가 불빛을 받아 번쩍 빛났다.

'저 반지는 눈에 익은데…… . 어디서 봤더라?'

기억이 날 듯 말 듯 하다 끝내 생각이 나지 않았다. 골똘히 생각하느라 노빈손은 군복을 입은 남자 둘이 다가오는 줄도 몰랐다.

"쥐새끼가 있다!"

노빈손을 발견한 정찰병이 외치자 십여 명의 남자들이 더 달려왔다. 그러고는 구석에 숨어 있던 노빈손을 끌어내어 밧줄로 꽁꽁 묶었다.

"잠깐만요, 저도 여기서 일하는 도제라고요."

"시끄럽다! 누가 보낸 스파이인지 몰라

2차 대전 당시 독일 군복을 유명 패션 디자이너 휴고 보스가 디자인했다. 특히 나치 친위대(SS)는 키 180cm 이상의 건장한 남자들을 뽑아 만들었는데 그런 군인들에게 디자이너가 만든 군복을 입혔으니 모델이 패션의상을 입고 있는 꼴이었다. 그러나 보기에 멋진 이 옷은 실전에서는 무척 거추장스러웠다. 장교복의 경우 100% 순모로 만들었다고 하니 전투 중에 세탁하기도 힘들고 옷도 무거웠을 것이다.

도 혼 좀 나 봐라."

수틀러 앞으로 끌려간 노빈손은 땅에 내동댕이쳐졌다.

"이게 누구셔."

수틀러가 기분 나쁘게 웃으며 노빈손을 내려다보았다. 가까이서 반지를 자세히 보게 되자 빈손은 드디어 기억이 떠올랐다.

'생각났다! 저 반지는 자꾸프리트 왕자 거야.'

빈손은 가려운 데를 시원하게 긁은 것처럼 맘이 후련해져서 자기도 모르게 큰 소리로 내뱉고 말았다.

"그 반지는 어디서 났어? 설마 훔친 건 아니겠지?"

생각지도 않게 반지에 대한 질문을 받자 수틀러는 허를 찔린 기분이었다.

'저 자식이 내 일기를 봤나? 어떻게 반지의 정체를 알고 있지?'

지금까지 반지로 이룬 일들을 노빈손이 무너뜨리기라도 할 것 같아 수틀러의 심장이 쿵쿵거렸다. 그러나 어떤 일이 있어도 얼굴 표정이 변하지 않는 장점을 가진 수틀러는 조금도 내색하지 않고 주변에 명령했다.

"건방진 놈. 감히 날 도둑으로 모는 거냐? 이 쥐새끼를 검은 절벽 아래로 내다버려라."

"예! 수틀러."

군장을 한 덩치 큰 병사들은 일제히 노빈손을 끌고 갔다.

"아, 아니 잠깐, 반지 얘기는 난 모르는 걸로 할게. 날 놔 줘!"

노빈손은 끌려가지 않으려고 발버둥을 쳤으나 소용이 없었다.

마지막 유혹

병사들은 노빈손의 얼굴에 검은 천을 씌워 질질 끌고 갔다. 보이지도 않는 어둠 속을 걸어가는 동안 발에는 돌부리가 채이고, 신발 안으로 흙이 들어왔다. 한 시간도 넘게 오르막길을 올라가다 마침내 병사들이 발걸음을 멈췄다.

"다 왔다."

헉헉거리며 숨을 몰아쉬는 노빈손의 얼굴에 씌워진 검은 천도 치워졌다. 커다란 입처럼 벌어진 검은 절벽이 눈에 들어왔다. 아래가 보이지도 않을 정도로 아찔한 절벽이었다.

"자, 잠깐만요, 스토옵!"

"왜, 콧구멍이라도 파려고? 세상과 작별 인사나 해라."

절벽 앞에 선 병사들은 마음의 준비를 할 새도 없이 노빈손을 확 밀쳤다.

"으아아악~!"

노빈손은 천 길 낭떠러지 아래로 추락했다. 순식간에 벌어진 일이라 무섭기보다는 비현실적으로 느껴졌다.

'이대로 죽는 건가?'

영겁같은 시간이 흐른 후 노빈손은 어둠

속에서 눈을 떴다.

발이 땅에 닿지 않는다. 그런데 아픈 데는 없다. 단지 왼팔에 힘이 들어가 있을 뿐이다. 최후의 순간, 자기도 모르게 절벽 중간에 튀어나온 나뭇가지를 잡은 것이다. 쾰른에서 게르하르트 햇더만 아저씨를 구했을 때처럼 무의식중에 위력의 왼쪽 검지가 힘을 발휘한 것이다.

"휴우~."

노빈손은 기나긴 한숨을 토해 냈다.

'아…… 목말라.'

다음 날 동이 틀 때까지 노빈손은 여전히 절벽에 나뭇가지 하나만 잡은 채 대롱대롱 매달려 있었다.

어느덧 안도의 한숨은 절망의 한숨으로 바뀌었다. 지금까지 검지의 힘 하나로 버티고 있지만 이 상태에서 더 위로 올라갈 수도, 아래로 내려갈 수도 없었다. 오로지 허공에 매달려 목숨을 부지할 뿐이었다. 위로 올라가려고 발을 휘젓다가 겨우 잡은 나뭇가지까지 놓칠 뻔하자 혼비백산한 노빈손은 사람이 아니라 나뭇가지에 난 또 하나의 나뭇가지처럼 굳어 버리고 말았다. 누군가가 구해 주지 않으면 허무하게 죽는 것이다.

"사람 살려! 거기 아무도 없어요?"

노빈손은 삼백오십한 번째로 구조 요청을 해 보았다. 그래 봤자 들리는 것이라곤 절벽에 부딪혀 돌아오는 메아리뿐이었다.

"사람 살리라구요……."

해가 중천에 뜨고, 다시 서쪽으로 기울어질 때까지 빈손은 종일 매달려 있었다. 먹지도 잠들지도 못한 채 속만 타들어가는 시간이었다.

그렇게 계속 있다 보니 혼이 반쯤 달아나 모든 것이 비현실적으로 느껴졌다. 눈동자에 힘을 풀어 버린 채 허공을 응시하면 하늘이 땅처럼, 땅이 하늘처럼 여겨졌다. 이대로 손을 놓으면 폭신한 구름 속으로 고통 없이 떨어질 것만 같았다.

얼마나 더 있어야 하는 것일까? 아무도 대답해 주지 않는 물음이 노빈손의 마음속에서 끝없이 메아리쳤다.

게다가 노빈손의 갈라진 목과 입술은 끊임없이 물을 갈구했다. 그러나 허공에서 물을 마실 방법은 어디에도 없었다. 생각다 못한 노빈손은 나뭇가지에 난 나뭇잎을 향해 있는 힘을 다해 손을 뻗었다. 밤새 내린 한 방울의 이슬이라도 마셔 볼 요량이었다.

'제발 한 모금만…….'

한 방울의 물이라도 몸에 들어가면 죽었던 풀이 살아나듯 정신을 차릴 수 있을 것만 같았다. 노빈손은 젖 먹던 힘까지 짜내 나뭇가지를 잡지 않은 다른 손으로 더듬더듬 나뭇잎을 찾았다. 그러나 의욕이 너무 넘친 탓일까. 겨우 닿은 나뭇잎을 그만 너

독일인의 삼시 세 끼는 우리 눈에는 특이하게 비친다. 아침과 저녁은 찬 요리를, 점심에만 따뜻한 요리를 먹기 때문이다. '아침 식사는 빵에다 버터나 햄을 끼워 먹고 차가운 과일주스를 마신다. 대신 점심은 불을 이용해 따뜻하게 조리한 요리를 먹는다. 저녁은 다시 차가운 음식을 먹지만 손님을 초대했을 때는 따뜻한 음식을 대접한다.

무나 세게 잡아 주르륵 이슬이 흘러 버리고 말았다. 물을 얻을 길이 없어지자 노빈손은 너무나 상심한 나머지 눈물이 솟구쳤다.

"이런!"

뺨에 두 줄기 눈물이 흘렀다. 노빈손은 급하게 혀로 핥았다. 짭짤한 소금기가 느껴지긴 했지만 하루 만에 맛본 물기였다. 자신의 눈물을 받아 먹어야 하는 신세가 너무도 처량했지만 그나마 온몸의 수분이 다 빠져나갔는지 더 이상 눈물도 흐르지 않았다. 그때였다.

"마셔요."

갑자기 공중에서 얼음이 가득 든 투명한 유리잔이 나타났다. 깜짝 놀란 노빈손은 헛것이 보이나 싶어 눈을 비볐다. 분명히 물이었다. 노빈손은 잔을 향해 손을 뻗었다. 그러나 물잔은 노빈손이 뻗은 만큼 뒤로 물러났다.

"그 전에 사인부터 하셔야지요."

익숙한 목소리의 주인공은 비나이더였다. 한수 비나이더가 절벽 위에서 물이 든 잔을 밧줄에 엮어 드리우고 있었다.

"쯧쯧쯔, 그러게 진작 사인했으면 이런 고생은 안 했을 텐데요. 마지막 기회입니다. 이렇게 약한 모습이 아니라 당당하게 살아야죠! 세상을 맘대로 주무르면서 말예요. 여기, 이 깃털 펜을 잡고 사인을 하세요."

말이 떨어지기 무섭게 허공에 '펑!' 소리와 함께 영혼 계약서가 나타났다. 불사의 몸, 현자의 지혜에 이어 '절대 권력'이라는 세 번째 유혹이 다가온 것이다. 비나이더는 계속해서 노빈손의 귀에 속삭였다.

"땅 위로 올라가고 싶죠?"

빈손은 고개를 끄덕였다.

"이 지경으로 만든 수틀러에게 복수하고 싶지 않아요?"

이 말에도 빈손은 반응을 보였다. 몸이 약간 흔들린 것이다. 그러자 비나이더는 한층 더 열렬한 어조로 말했다.

"당신의 말 한마디에 온 세상이 움직이는 풍경을 상상해 봐요. 절대적인 힘이 당신 것이 될 거예요. 그뿐인가요? 덤으로 풍성한 머리카락까지 드리죠. 어때요, 숱 많은 머리로 세상을 지배하는 자신의 모습이!"

일단 시원한 물부터 원없이 들이켜고, 풍성한 머리숱을 휘날리며, 수틀러를 마음껏 혼내 줄 수 있다니! 빈사 상태가 되어 정신이 오락가락하는 지금, 그 어느 때보다 강렬한 유혹이다. 노빈손의 눈앞에는 수틀러를 혼내 주는 자신의 모습, 낙지스 기사단에게 차별받은 것을 톡톡히 갚아 주는 모습, 핍박을 받아 온 B팀 도제들을 해방시키는 모습이 파노라마처럼 펼쳐졌다. 그뿐 아니라 세상 사람들 전부 '노빈손! 노빈손!'을 외치며 환호하고 박수를 치는 모습도 보였다. 모두 한수 비나이더가 데빌폰을 써서 만든 환영이었다.

아돌프 히틀러가 고안하고 뉘른베르크 나치 당 집회에서 승인한 법안이다. 독일인의 혈통과 명예를 지키기 위한 법으로 유대인 학살의 법적 근거로 삼았다. 조부모 중 한 사람이 유대인이면 유대인인 것으로 정의한 뒤, 독일인 시민권을 빼앗고 독일인과 혼인을 금지하고 여권에는 붉은색의 낙인 'J(Jude, 유대인)'을 찍었다. 유대인은 아파도 치료를 받을 수 없었고 상업 활동도 금지되었다.

노빈손의 오른손이 저절로 꿈틀거렸다.

'그래. 난 수틀러와 달라. 난 좋은 지도자가 될 수 있어.'

일 분이 영원처럼 느껴지는 순간, 노빈손의 속에서는 또 다른 목소리가 들려왔다.

그것은 하이델베르크의 숲에서 들려온 말숙이의 음성이었다. 지혜를 얻게 해 줄 미미르의 샘물을 걷어찬 말숙이는 이렇게 말했었다.

'지금 그대로의 네가 좋은 거야.'

지금 그대로의 나……. 세상을 휘두르는 힘을 갖게 된다면, 모두가 내 말을 고분고분 듣고 박수만 쳐 준다면, 나는 나 자신으로 남을 수 있을까?

노빈손이 고민하는 동안 허공에 나타난 영혼 계약서와 깃털 펜이 점점 흐릿하게 사라져 갔다. 한수 비나이더는 안달이 나서 재촉했다.

"뭘 망설여요? 영혼 계약서는 마냥 기다려 주지 않는다고요. 빨리 서명해요!"

그러나 빈손은 고개를 좌우로 천천히 저었다. 너무도 유혹적인 깃털 펜을 보지 않기 위해 노빈손은 두 눈을 감았다. 비나이더는 깜짝 놀라 고함을 질렀다.

"설마 거절하는 거예요? 모든 힘을 가질 수 있는데!"

"……말 시키지 마. 힘들어."

"다시 생각해 봐요!"

노빈손은 눈을 감은데 이어 입마저 꾹 닫았다. 그사이 영혼 계약서와 깃털 펜은 완전히 사라져 더 이상 보이지 않았다.

"말도 안 돼, 인간이 이럴 수는 없어!"

'하느님의 선택을 받았다'는 유대교(유대인만의 종교)의 교리는 기독교를 믿는 유럽인의 미움을 받았다. 고향에서 쫓겨나 세계를 떠도는 유대인에게 믿을 수 있었던 것은 오직 '돈' 뿐이었다. 그래서 번 돈을 낭비하지 않고 악착같이 모아서 그 나라 민족보다 부자가 되었다. 유럽인들은 유대인이 자기 나라에 와서 부자가 된 걸 달가워할 리 없었고 유대인은 유럽 어디서나 더욱 미움을 받았다.

절망에 찬 비나이더는 절벽 위에서 머리를 쥐어뜯었다.

한두 번이면 말을 안 한다. 무려 세 번! 세 번이나 강력한 유혹을 받고도 노빈손이 거절을 하다니, 믿기 힘들었다.

"어떡하죠, 주인님. 완전히 실패한 것 같은데요……."

그때까지 숨죽이고 지켜보던 데빌폰이 시무룩한 목소리로 말했다. 비나이더는 비틀거리며 일어나 혼잣말로 중얼거렸다.

"난 퇴학당할 거야… 차라리 잘됐는지도 몰라……. 적성에 맞지 않는 악마 노릇도 그만둘 수 있겠지."

"주인님……."

수다스러운 데빌폰도 이때만큼은 아무 말을 건네지 못했다.

"빈손아, 빈손아!"

말숙이의 목소리가 들려와 노빈손은 눈을 떴다. 그리고 두어 번 눈을 깜빡거렸다. 낭떠러지 위에서는 자신을 구하려다 봉인된 말숙이의 모습이 보였다. 다시 눈을 감았다 떠도 마찬가지였다.

'말숙아. 비나이더가 풀어 준 거야?'

이렇게 물어보고 싶었지만 기운이 없어서 말이 나오지 않았다.

"내가 구해 줄게. 조금만 기다려!"

말숙이는 씩씩하게 외치고 절벽에서 사라졌다. 잠시 후 여러 사람을 불러온 말숙이가 소리쳤다.

"저 밑에 사람이 있어요. 도와 주세요!"

"노빈손 아냐?"

절벽 아래를 내려다보던 사람 하나가 깜짝 놀라 외쳤다. 마이스터 자리를 놓친 헤르만이었다. 깜짝 놀란 헤르만은 다급하게 다른 도제들을 불러왔다.

"맙소사, 어젯밤에 돌아오지 않더니."

"수틀러가 무슨 짓을 한 거야?"

"빨리 밧줄을 구해 와!"

보스만과 하만, 클린스만과 바우만이 일제히 뛰어가 굵은 밧줄을 들고 다시 돌아왔다. 다섯 사람은 밧줄을 길게 내려뜨렸다.

"잡을 수 있겠어?"

헤르만이 안타까운 목소리로 물었다. 빈손은 고개를 끄덕였다. 온몸이 장작처럼 뻣뻣하게 굳었지만 여전히 검지에는 기운이 남아 있었다. 마침내 노빈손이 밧줄을 잡자 사람들이 위로 끌어올렸다.

"영차, 영차!"

노빈손은 드디어 허공에서 벗어나 땅 위에 발을 디딜 수 있게 되었다. 다들 노빈손을 둘러싸고 찬물을 먹이며 걱정 어린 시선을 떼지 못했다.

"괜찮은 거야?"

노빈손이 겨우 눈을 뜨자 헤르만이 물었다.

"…수틀러가 전쟁을 벌이려고 해."

간신히 여기까지 말한 노빈손은 그대로 정신을 잃었다.

# 애국 길드 연합 출정식

마침내 수틀러가 공들여 준비한 '새로운 독일을 만드는 애국 길드 연합' 의 출정식이 시작됐다.

전쟁 준비를 마치고 동쪽으로 진격을 하기로 한 운명의 날이었다. 독일의 수많은 길드 중에서도 수틀러의 돈에 매수된 길드는 그렇게 많지 않았다. 그러나 깃발의 수와 종류가 하도 많아 마치 깃발 박람회에 온 것 같은 착각에 빠졌다. 선전효과를 노리고 깃발을 많이 제작한 수틀러의 지시 때문이었다.

멋지게 차려입은 낙지스 기사단이 가운데에서 깃발을 펄럭이며 서 있었다. 잘 재단된 군복을 입고 무장한 모습은 전쟁에 나가는 사람들이 아니라 군복 패션쇼에 나가는 사람들처럼 근사한 모습이었다. 그 옆으로 무장한 도제들과 돈을 주고 고용한 용병들이 군복을 입고 도열해 있었다. 열두 개의 대포, 오십여 개의 화승총, 긴 창과 칼로 무장한 군대는 수틀러의 연설을 듣기 위해 부동자세로 서 있었다.

중앙에는 대형 무대와 비슷한 연단이 마련되어 있었다. 연단에는 수틀러의 얼굴이 그려진 대형 천이 천장부터 바닥까지 드리워져 있었다. 오늘을 위해 곳곳에 공들인 티가 역력했다.

'드디어 이 날이 왔군. 내가 베를린을 접수하고, 독일을 집어삼킬 역사적인 순간이!'

한낱 도제에 불과했던 수틀러는 연단 아래를 내려다보며 감격에 젖었다. 다만 컨디션이 좋지 않은 게 마음에 걸릴 뿐 모든 것이 완벽했다.

사실 니벨룽의 반지를 낀 이래 수틀러는 나날이 다르게 수척해지고 있었다. 반지의 힘을 사용하면 할수록 몸이 약해진다는 사실을 비나이더가 가르쳐 주지 않았기 때문이다. 몸무게가 점점 줄어들고 팔다리가 바싹 말랐지만 권력을 휘두르는 기쁨에 젖은 수틀러 본인은 이 사실을 실감하지 못하고 있었다.

저 많은 군사들! 무기들! 이 모든 것들이 오직 자신의 꿈을 이뤄 주기 위해 기다리고 있지 않은가. 자신의 말 한마디면 움직일 군대를 바라보는 수틀러는 늘 그렇듯이 냉정한 모습을 보여 주기 위해 안간힘을 써야 했다.

군악대의 힘찬 연주가 끝나고 수틀러가 연설을 할 차례였다.

"여러분, 우리에게는 자신감이 있습니다. 강하기 때문입니다! 새 나라를 위한 길드 연합은 세계로 뻗어 나갈 것입니다. 할 일은 오직 하나, 전진뿐입니다!"

"전진! 전진!"

"위대한 발걸음은 이제 시작됐습니다. 나와 함께 영광의 길로 갑시다!"

"만세, 수틀러 만세!"

수틀러를 향한 만세 소리가 쩌렁쩌렁하게 울려 퍼졌다. 수틀러는 만족스러운 표정으로 한 손을 들어 보였다.

그때 장벽 너머에서 쾅, 쾅 소리가 나기 시작했다.

'무슨 소리지?'

병사 중 일부의 시선이 장벽으로 쏠렸다. 하지만 연설이 끝나지 않았기 때문에 고개를 돌릴 수 없었다.

수틀러가 출정식을 선포하는 순간, 연단 뒤에 걸린 대형 천을 반으로 가르며 천장에서부터 누군가 밧줄을 타고 내려왔다.

"멈춰라!"

언뜻 노빈손의 모습이 보였다. 그러나 반으로 잘린 천이 노빈손과 수틀러를 덮어 버려 일대 혼란이 일어났다.

"적이다!"

"수틀러 님을 구해!"

호위를 맡은 병사들이 일제히 무대 중앙으로 뛰어들었다. 그때 또다시 쾅! 소리가 나더니 장벽에 금이 쫙 가기 시작했다. 도열해 있던 병사들의 대오가 흔들리고 있었다.

한편 수틀러는 자기 초상화가 그려진 대형 천에 휩싸인 채 허우적거리고 있었다. 당황한 수틀러가 버둥대는 사이, 며칠 새 살이 빠져서 헐거워진 반지는 손가락을 빠져나가 데구르르 굴렀다.

“안 돼, 내 반지!”

수틀러는 있는 힘을 다해 반지로 손을 뻗었다. 그러나 노빈손이 한 발 빨랐다. 어느 틈에 번개같이 달려와 반지를 낚아챈 노빈손을 보자 수틀러는 평소의 표정 관리도 잊고 쥐어짜는 소리로 고함을 질렀다.

“그 반지는 내 거야. 이리 내!”

“거짓말. 이건 자꾸프리트의 반지야. 이렇게 특이한 반지가 두 개
일 리 없어.”

수틀러는 노빈손의 말이 들리지 않았다. 오로지 일을 망치고 있
는 노빈손에 대한 증오심뿐이었다.

“이상한 이름 대지 마라! 그건 내 영혼을 팔아 얻은 반지다.”

“영혼을 팔았다고? 너도 비나이더를 만났어?”

“긴 말 필요 없다!”

수틀러는 노빈손에게 와락 달려들었다. 반지가 없으면 자신은 아
무것도 아니다. 제때에 금화를 주지 않으면 용병들이 어떻게 돌변할
지 보지 않아도 뻔했다.

노빈손과 수틀러는 한 덩어리가 되어 구르며 반지를 뺏고 뺏기는
사투를 벌였다. 어느새 수틀러의 가짜 콧수염이 바닥에 뚝 떨어져
버렸다.

 ## 무너진 장벽

한편 노빈손 말고도 무대에 뛰어오른 또 다른 사람들이 있었다.
헤르만, 보스만, 하만, 클린스만, 바우만이었다. 수틀러에게 외국인
이라고 차별받고 약자라고 무시를 당했던 다섯 도제들이 진심을 담
아 큰 목소리로 외쳤다.

“여러분, 우리 도제의 손은 작업을 하기 위해 있는 것이지 무기를

들기 위해 있는 것이 아닙니다."

"맞아요. 다들 무기를 내려놓으세요!"

"늦지 않았어요!"

도제들은 동요하기 시작했다. 당황한 병사들은 무력으로 동요하는 도제들을 막아섰다.

무대로 뛰어 올라간 괴벨스가 수틀러를 찾아냈다. 반지를 잃어버린 수틀러는 종이인형처럼 힘이 없었다. 이 대 팔 가르마가 마구 흐트러져서 오 대 오 가르마가 되어 있고 콧수염은 어디론가 사라져 버려 더욱 앳되 보이는 모습이었다. 지도자의 흐트러진 모습을 본 적이 없는 낙지스 기사단은 깜짝 놀랐다.

"수틀러, 명령을 내려 주세요!"

"진격합니까?"

낙지스 기사단이 수틀러를 둘러싸고 물었다.

"우리는……."

여기까지 말하고 수틀러가 풀썩 쓰러졌다.

동시에 지진이 난 것처럼 커다란 소리가 모두의 귀를 흔들었다.

"쾅!"

장벽의 문을 세게 내리치는 소리였다. 쾅, 쾅, 연달아 터지는 굉음과 함께 사람들의 구호 소리가 들려왔다.

베를린 장벽이 무너진 후 많은 사람들이 기념으로 그 조각을 가져갔다. 한때는 냉전의 비극, 혹은 분열의 상징이었으나 '무너진 장벽'은 이제 평화를 의미하는 역사적 유물이 됐다. 베를린 근처의 상점에서는 장벽 조각을 관광객에게 기념품으로 팔기도 한다. 진짜 조각에는 표식이 되어 있으나 경제적 가치보다 상징적 가치가 더 크다고 한다.

“우리는 평화를 원한다!”

“전쟁은 절대 안 돼!”

또다시 전쟁이 일어날지도 모른다는 소문을 듣고 달려온 베를린 시민들이었다. 수틀러가 전쟁을 준비하는 동안 기운을 되찾은 노빈손과 B팀의 도제들은 이 같은 음모를 알리고 돌아다녔던 것이다.

소식을 접한 베를린 사람들은 너도나도 한마음이 되어 작업장으로 달려왔다. 전쟁으로 인해 살던 마을이 불타 버리고, 가족과 친구를 잃어버린 사람들, 그런 세상을 두 번 다시 겪고 싶지 않은 사람들, 그리고 자신이 겪은 아픔을 아이들에게 물려주고 싶지 않은 사람들이 모여 힘을 합친 것이다. 사람들은 농기구나 망치 등 집에서 무기가 될 만한 것들을 들고 와 장벽의 문을 마구 내리쳤다. 무력보다는 많은 사람들이 모였기에 가능한 일이었다.

“콰쾅!”

마침내 막혀 있던 장벽의 문이 부서지면서 주변의 벽까지 우르르 무너져 내렸다. 무너진 장벽 너머로 아이 어른 할 것 없이 수많은 사람들이 넘어 들어왔다.

“전쟁은 절대 안 돼!”

병사들의 다섯 배도 넘는 대규모의 군중이었다. 여전히 허수아비처럼 멍하니 앉아 있는 수틀러와 군중들의 모습을 번갈아보던 병사 하나가 총을 던지며 말했다.

“텄다, 텄어. 금화를 줄 리가 없어.”

“그만 가자.”

돈을 벌기 위해 전쟁에 나선 다른 용병들도 저마다 무기를 내려놓고 뿔뿔이 흩어져 버렸다. 군장을 푼 병사들은 몰려들어 온 사람들과 뒤섞여 누가 누군지도 알 수 없었다. 어쩌면 군대와 맞서 싸워야 할지도 모른다고 생각한 베를린 시민들은 유혈충돌 없이 사태가 해결되자 크게 기뻐했다.

이제 막 걸음마를 시작한 꼬마 하나가 아장아장 군대 앞으로 걸어가 병사의 제복에 꽃을 꽂아 주었다. 그러자 둘러선 사람들이 앞다투어 박수를 쳤다. 선의와 신뢰, 더 나은 미래가 가능하다는 희망이 사람들의 심장을 뜨겁게 고동치게 하고 있었다.

'저것이 인간인가!'

연단 구석에 숨어 이 모습을 지켜본 비나이더는 연신 코를 훌쩍거렸다.

"주인님, 설마 감동 받아서 우시는 거예요?"

"울긴 누가 울어?"

그러나 비나이더의 양 볼에는 주체할 수 없을 정도로 눈물이 줄줄 흐르고 있었다.

"내가 절대로 감동을 받아서 이러는 게 아냐. 내가 절대로 감동을 받아서 이러는 게 아냐. 내가 절대로……."

비나이더는 계속 코를 훌쩍거렸다. 악마스쿨의 꼴찌, 아니 퇴학생이 될 처지의 비

아마추어가 아니라니까?

독일 사람들은 한두 가지의 취미를 가지고 있는데, 그들의 취미는 재미를 떠나서 거의 전문가 수준이다. 예를 들어 운동의 경우 한 단체팀에 소속되어 일주일에 두 번 정도 트레이닝을 하고 다른 팀과의 정기 시합도 많이 한다. 통계에 의하면 독일인의 40%가 7만 5,000개에 달하는 클럽에 소속되어 운동을 한다고 한다. 클럽에선 저렴한 회비로 쉽게 배우며, 대인 관계도 맺을 수 있다고.

나이더는 지금처럼 심하게 정체성의 혼란을 겪어 본 적이 없었다.

"여러분, 이제 평화의 행진을 벌입시다. 전쟁이 아닌 평화의 행진을!"

낙지스 기사단의 깃발을 밟고 선 노빈손이 맨 앞에 서서 큰 소리로 외쳤다. 그러자 사방에서 귀가 먹먹할 정도로 박수와 함성이 터져 나왔다. 병사들과 군중들은 축제의 날처럼 한 덩이로 뒤엉켜 베를린 시내를 향해 행진을 시작했다. 개중에는 무너진 장벽의 돌을 기념품처럼 소중하게 챙겨 든 사람도 있었다.

"와아~."

평화를 바라는 함성 소리가 무너진 장벽을 타고 넘어 멀리멀리 울려 퍼졌다.

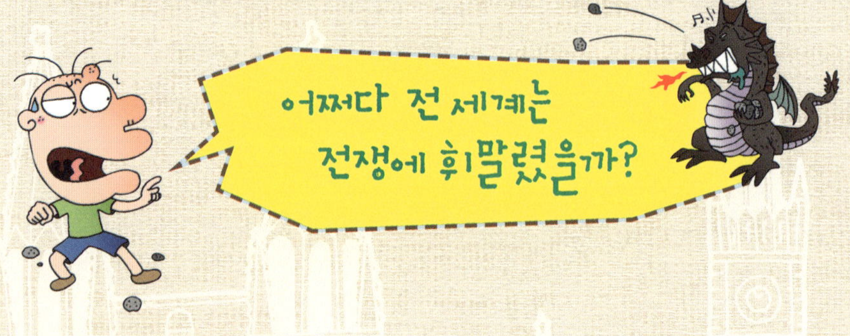

● 1, 2차 세계대전

지구상에 인간이 출현한 이래 가장 끔찍했던 시기를 뽑으라면 아마 1, 2차 세계대전 때일 거야. 수천만 명의 무고한 사람들이 죽고, 서로를 미워하고 의심하게 되었지. 독일은 왜 이토록 무서운 전쟁을 일으킨 걸까?

1차 세계대전의 발발 비스마르크가 여러 개로 갈라져 있던 독일을 통일하고 유럽의 강대국으로 떠오르자 식민지를 만들고 싶은 욕심이 생겼어. 독일이 만든 물건들을 신나게 팔고 원료도 헐값에 살 수 있는 곳 말야. 그렇지만 세계는 이미 영국, 프랑스, 미국이 독식했기 때문에 식민지로 삼을 만한 곳이 없었어. 그래서 독일은 그들의 식민지를 뺏기 위해 오스트리아-헝가리 제국과 불가리아, 터키(오스만 제국)와 손을 잡았고 한편 영국, 프랑스는 러시아와 동맹을 맺어 이들에게 맞섰지.

한편 세계분쟁지역 유고슬라비아 땅에 세르비아란 나라가 있었는데

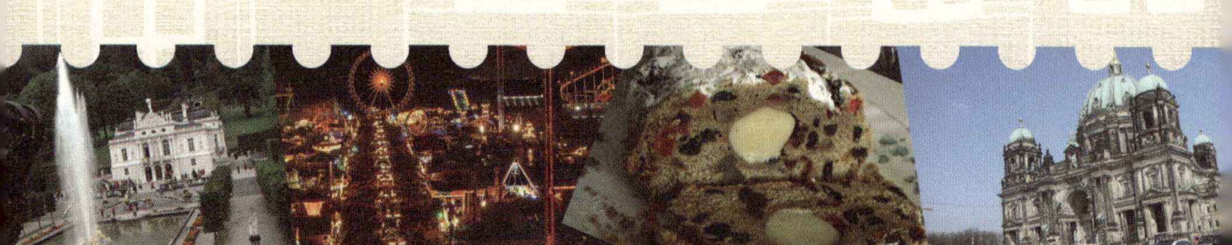

동쪽으로 세력을 확장하려는 독일, 오스트리아-헝가리 제국에겐 꼭 필요한 곳이었어. 호시탐탐 노리는 그들 때문에 겁난 세르비아가 러시아와 손을 잡자 독일과 오스트리아-헝가리 제국은 세르비아를 삼킬 적당한 구실을 찾는 데 혈안이 돼. 때마침 1914년 6월 28일, 오스트리아-헝가리 제국의 황태자 부부가 세르비아의 수도 '사라예보'에서 대학생이 쏜 총에 죽자 오스트리아-헝가리 제국은 옳다구나 하며 세르비아를 쳐들어가.

〈1차 세계대전 당시〉

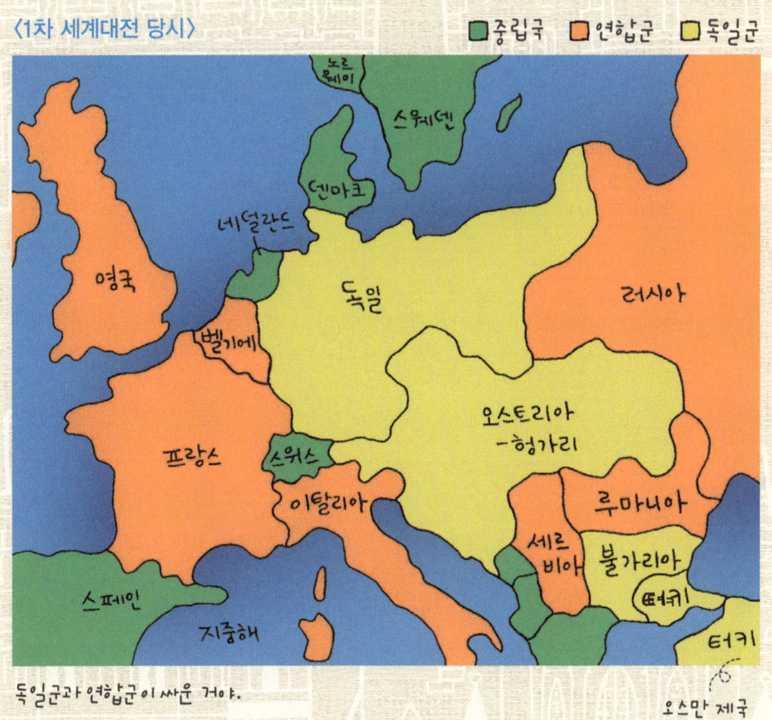

독일군과 연합군이 싸운 거야.

　지중해 쪽으로 내려오려는 야심을 가진 러시아가 세르비아를 돕자 독일은 러시아와 싸우고 그 후 독일은 러시아의 동맹국인 프랑스와 영국에게도 선전포고를 하지. 뒤이어 영국, 프랑스와 동맹을 맺은 일본까지 전쟁에 가담하여 전 세계가 두 패로 갈라져 싸우게 돼.

　약 4년 반 동안 치른 전쟁에서 사망자 1,000만 명, 부상자는 2,000만 명! 역사에서 찾아볼 수 없는 끔찍한 살육이었어. 오랜 전쟁에 물자가 부족해진 독일은 영국, 프랑스, 미국 연합군에게 항복함으로써 1차 세계대전은 막을 내려.

2차 세계대전의 서막　패전국이 치를 대가는 가혹했어. 독일은 10만 명 이상의 군대를 갖지 못하게 됐고 알자스-로렌 지방을 프랑스에 뺏겼으며 엄청난 전쟁 배상금을 떠안아(베르사유 조약) 가난뱅이 나라로 전락했고 오스트리아-헝가리 제국은 오스트리아와 헝가리, 체코슬로바키아로 나뉘지. 파괴된 국토와 엄청난 빚, 높은 실업률에 힘겨워하는 독일 국민의 마음을 사로잡은 건 아돌프 히틀러였어. 히틀러는 게르만 족 우월주의를 내세워 열등감에 빠져 있던 독일인에게 용기를 불어넣고 독일군을 무제한으로 무장시키며 전쟁 준비를 한단다.

　1871년에야 통일을 이룩한 독일과 이탈리아, 1854년에야 서양 문물에 나라 문을 연 일본, 세 나라가 뭉쳐서 힘으로 영국, 프랑스, 미국을 밀어 내려고 덤볐어. 이게 2차 세계대전이야.

세계 역사 최악의 전쟁   1939년 독일의 탱크가 폴란드의 국경을 넘으면서 전쟁은 시작돼. 영국과 프랑스는 즉각 독일에 선전포고를 하고 두 번째 세계대전에 돌입하지. 유럽뿐 아니라 아시아와 아프리카도 전쟁에 휘말려. 독일은 공산 국가 소련과 불가침 조약을 맺었지만 승리

에 도취된 히틀러는 소련의 큰 땅덩어리가 탐이 나 군대를 총동원해서 소련을 공격하지.

　문제는 소련 쪽으로 막대한 군대를 끌어가자 영국, 프랑스와 맞서고 있는 독일 서부 전선의 군사력에 구멍이 뚫렸다는 거야. 게다가 막대한 무기와 물자를 가진 미국이 영국, 프랑스에 합류하자 상황은 독일에게 더욱 불리해져. 1944년 5월 이탈리아가 항복하고 1년 뒤 히틀러도 자살하자 독일은 연합군에게 항복하게 돼. 아시아에서 버티던 일본 역시 히로시마에 원자폭탄이 떨어지자 무조건 항복하지.

　격렬한 전쟁은 승전국이나 패전국 모두에게 크나큰 상처만 남겼어. 2차 세계대전을 겪은 세계는 다시는 이런 일이 일어나선 안 된다는 합의를 이루고 국제연합(UN)을 창설하게 돼.

● 아돌프 히틀러는 누굴까?

　화가 지망생이었던 히틀러는 미술학교에 계속 떨어지자 그림엽서를 그려 팔며 가난한 청년 시절을 보냈어. 1차 세계대전을 겪으며 히틀러는 독일이 나락으로 빠진 건 모두 유대인 때문이라는 굳은 믿음이 생겼는데 당시에 반유대주의는 유럽 전역으로 퍼지고 있었어. 히틀러는 모든 기득권과 자본이 유대인 손아귀에 있다는 음모론을 펼친단다.

　히틀러의 재능은 사람들의 마음을 사로잡는 대중 연설이었어. 히틀러의 연설을 들은 독일인들은 자신은 매우 고귀한 존재이고 독일을 위

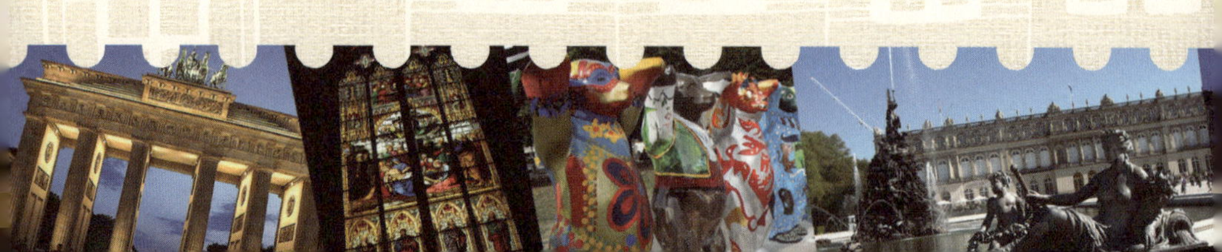

해 뜨겁게 자신을 불살라야 한다고 느꼈지. 히틀러가 우두머리로 있는 나치당은 점차 대중들의 지지를 받아 정권을 잡는 데 성공해. 독일 총리가 된 히틀러는 독일에 있는 유대인을 아우슈비츠 강제 수용소에 격리해 독가스로 대량 살상을 하는 참극을 저지르고 나라 바깥으로는 2차 세계대전을 일으킨단다.

세계를 향해 "내가 결코 배우지 못한 말은 '항복'"이라고 부르짖던 히틀러는 세계 제일의 민족이 세운 세계 제일의 나라 독일의 꿈이 산산조각 나자 1945년 5월 베를린 지하실에서 자신의 손으로 목숨을 끊어.

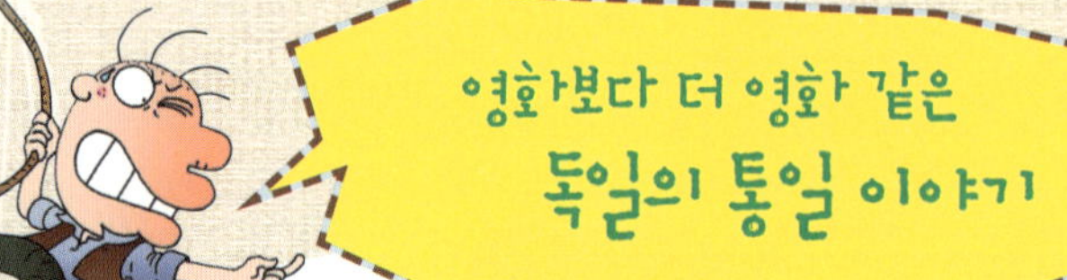

1989년 11월 9일 깜짝 놀랄 일이 벌어졌어. 베를린 장벽이 무너진 거야. 그리고 동서로 나뉜 독일은 극적인 통일을 했어. 유일한 분단국가인 우리에게 독일의 통일은 여러 가지로 배울 점이 많아. 독일의 통일을 살펴보면서 우리는 어떻게 통일을 준비해야 할지 한번 생각해 볼까?

● 과거에 대한 반성

독일은 잘못된 과거에 대해 철저히 반성하고 있어.

독일에서는 나치나 히틀러에 대한 우호 발언뿐 아니라 나치 휘장, 하켄크로이츠(갈고리 십자가)를 공공장소에 보이는 것도 법으로 금지했어. 나치를 찬양하는 건 꿈도 못 꾸지. 정치가를 뽑을 때도 제2의 히틀러가 나오지 못하도록 철저하게 사상을 검증한다고 해. 독일에서 '파시스트(맹목적으로 국가나 민족을 우선시하는 사람)' 라는 말은 가장 큰 욕이야.

게다가 독일은 역사적으로 보나 문화적으로 보나 독일 땅임이 분명

한 동프로이센 영토까지 전쟁의 대가로 포기했어. 이런 뼈저린 과거 반성이 없었다면 독일이 통일되는 날은 결코 오지 않았을 거야. 주변 국가들이 통일을 반대했을 테니까.

● 통일의 아버지, 빌리 브란트

1945년 2차 세계대전에서 패망한 독일은 연합군이 들어선 서독과 소련군이 들어선 동독으로 찢겨지지. 4년 후에는 동서 양쪽에 각기 다른 정부가 들어서면서 긴 분단이 시작돼.

이러한 대결 국면이 전환기를 맞은 것은 1969년 서독의 빌리 브란트 총리에 의해서야. 브란트 총리는 '동방 정책'을 추진해 동독과의 교류를 늘려 나가지. 그 후 동서독은 15년에 걸쳐 34번의 협상을 통해 통일의 초석을 마련해. 민간인의 교류는 확대되고 문화와 과학 기술, 환경 등의 분야에 협력 체계를 구축하지.

● 페레스트로이카와 동독 주민의 탈출

양쪽 국가를 자유롭게 오갈 수 있게 되면서 동독인들은 서독의 우월한 경제력과 자유체제에 대해 눈뜨지. 여기에 소련의 총서기장 고르바초프의 개혁·개방정책(페레스트로이카)도 맞물려 동구권 공산국가들이 소련의 눈치에서 벗어나 민주화를 추진하게 되고 그 중에서도 선두

에 선 것은 다름 아닌 동독이었지.

동독인들이 서독으로 탈출을 시도해 통일 직전인 1989년에는 3만 명이나 동독을 빠져나가. 남아 있는 동독인들은 더욱 개혁과 민주화, 그리고 통일을 원하게 돼.

● 통일을 향한 동독의 시위 확산

이제 동독 전역에서는 매일 시위가 벌어져. 시위대는 동독의 각 지역에서 '우리는 한 민족이다' 라는 구호로 통일을 요구하지. 결국 전 세계가 지켜보는 가운데 1989년 분단의 상징인 베를린 장벽이 무너지고, 1990년 3월에는 동독 최초의 자유총선거가 실시돼.

1990년 초부터 동독과 서독 그리고 미국, 영국, 프랑스, 소련의 이른바 2+4회담이 열려 통일조약이 체결되고 독일은 주변국의 승인을 받아내어, 10월 3일 마침내 공식적인 통일을 선포하지.

● 통일의 후유증과 더 나은 미래

독일의 통일은 예상보다 빨리, 그리고 급격하게 이루어졌어. 서독이 착실하게 통일을 준비했음에도 불구하고 독일은 한동안 통일의 후유증을 앓아야 했어. 양쪽의 빈부 격차가 너무 심했거든.

동독은 동구권 국가 가운데에서는 나름 공업이 발달한 나라였지만 강력한 자본주의인 서독과 합쳐지자 동독의 회사들이 하나 둘씩 문을

닫게 되고 말아. 통일만 되면 서독인처럼 잘살 줄 알았던 동독인들은 실업률이 높아지고 생활수준이 나아지지 않자 불만이었고 서독인들은 늘어난 통일 비용 때문에 허리가 휠 지경이었어.

통일 후 20년, 독일의 현재 모습은 어떨까?

동서독의 빈부 격차나 실업률이 완전히 해소된 것은 아니지만 점점 나아지고 있어. 무엇보다 중요한 건 독일인들이 통일에 대해 대체로 긍정적으로 생각하고 있다는 점이야. 더구나 통일 이후 태어난 젊은 세대들 사이에는 동독이니 서독이니 하는 개념 자체가 희박해졌지.

지금도 독일은 진정한 하나가 되기 위해 노력하고 있어.

저, 저런!
아시아의
철학인가?
허!

가로 열쇠

❶ 한때 독일과 같은 나라였어. 2차 세계대전 이후에 분리되었고 '빈'이 이 나라의 수도야.

❷ 프랑스의 상징이 에펠 탑이라면 독일의 상징은 ○○○○○○ 문이지. 베를린 중심부에 있어. 동, 서독의 분단 시기에는 동서 분할의 상징이었고 이제는 통일을 나타내.

❸ 유대인이 모여 살도록 법으로 규정해 놓은 도시의 거리나 구역을 가리켰던 단어야.

❹ 독일의 수도, 도시의 마스코트는 곰이야.

❺ 독일 자동차회사 중 하나. 소형 고속 엔진을 연구하여 자동차를 만든 독일 기계공학자는 자신의 이름을 따서 회사를 세웠어. 회사 로고는 ⊕

❻ 호수가 7개나 있는 독일의 도시. 이 도시의 2개 호수 사이에 떠 있는 섬(슐로스인젤 섬)에 지어진 성의 이름은 이 도시의 지명을 땄어. ○○○ 성은 테라코타를 비롯한 아름다운 장식으로 꾸며진 르네상스 양식의 성이야.

❼ 라인 강 기슭에 있는 언덕으로 '요정의 바위'라는 뜻이야. 금발의 아름다운 소녀가 이 언덕 위에 앉아 노래를 부르면 지나가던 뱃사공이 그 모습에 홀려 노를 놓치고 바로 아래의 급류에 휘말려 죽는다는 전설을 갖고 있지.

❽ 디즈니 '신데렐라 성'의 모델이 된 성. 관광 엽서에도 꼭 나오는 성이야.

❾ X-선을 발명한 독일의 물리학자. X-선 발명으로 1901년 1회 노벨 물리학상을 받았어.

❿ 동화 속 음악대가 여행의 목적지로 삼았던 도시야. 베저 강이 흐르고 독일 북부에서 관광객이 가장 가고 싶은 도시로 손꼽혀.

⓫ 소련에서 고르바초프 정부가 펼쳤던 개혁·개방 정치야. 분단된 독일이 통일을 앞당기게 되는 계기가 돼.

⓬ 유대인이나 나치에 반대하는 사람들을 수용하기 위해 만든 강제 수용소야. 뮌헨에 있지. '노동이 자유롭게 하리라'라는 글귀가 적힌 문으로 사람들이 출입했다고 해.

⓭ 독일인 시인이자 소설가. 대표적인 문학 작품으론 《데미안》, 《수레바퀴 밑에서》가 있어.

세로 열쇠

❶ 게르만 신화에서 최고 신. 그리스 신화로 치면 '제우스'지. 어떤 모습으로 변할 수 있지만 평소엔 애꾸눈에 챙이 처진 모자를 쓴 노인이야.

❷ 독일의 음악가. 함부르크의 음악가 집안에서 태어나 어릴 때부터 바이올린, 첼로, 피아노를 배웠고 슈만에게 능력을 인정받은 후 세상에 알려졌어. 대표작으로는 〈헝가리무곡〉이 있어.

❸ 헤렌킴제 성, 노이슈반슈타인 성, 린더호프 성을 지은 바이에른 왕이야. 바그너의 열혈팬이었어.

❹ 〈운명 교향곡〉, 〈전원 교향곡〉, 〈합창 교향곡〉을 만든 독일 음악가. 청력을 잃은 비운의 음악가야.

❺ 중세에 한자도시로 번영했던 찬란한 역사가 있는 항구도시야. 독일에서 가장 큰 항구를 기반으로 공업이 발달했지.

❻ 상대성이론으로 유명한 유대인 이론 물리학자야. 독일에서 태어났지만 나치의 유대인 학살을 피해 미국으로 건너갔어.

❼ 쾰른 카니발에서 '장미의 월요일'을 일컫는 말이야.

❽ 뮌헨에서 열리는 세계 최대의 맥주 축제야. 리우삼바 축제, 삿포로 눈 축제와 더불어 세계 3대 민속 축제야.

❾ 독일인 성씨 중에서 '재단사'를 뜻하는 성이야.

❿ 독일 통일의 아버지 빌리 ○○○. 서독의 ○○○ 총리는 '동방 정책'을 추진해 동독과의 교류를 늘린 공이 인정되어 1971년 노벨 평화상을 받아.

⓫ 남국의 밝은 분위기가 매력적인 독일의 리조트 도시야.

⓬ 발레리나 강수진이 속해 있는 독일의 발레단 이름이야. 독일 남서부 네카어 강 유역에 있는 도시 이름이기도 하고.

⓭ 서유럽에서 가장 큰 강으로 독일을 대표하는 강이야. 여기서 일어난 독일의 경제 부흥을 '○○○의 기적'이라 불러.

⓮ 독일 서부의 슈바르츠발트 부근에서 시작하여 라인 강으로 흐르는 강. 하이델베르크 도시에서 이 강의 매력을 느낄 수 있어.

⓯ 독일식 족발. 돼지나 송아지의 뒷다리 살을 소금에 절였다가 삶아 낸다.